クライブ・カッスラー
ダーク・カッスラー／著
中山善之／訳

悪魔の海の荒波を越えよ（下）

Clive Cussler's The Devil's Sea

扶桑社ミステリー
1599

Japanese translation published by arrangement with
Peter Lampack Agency, Inc.
350 Fifth Avenue, Suite 5300, New York, NY 10118 USA,
through Tuttle Mori Agency, Inc., Tokyo

悪魔の海の荒波を越えよ（下）

第二部（承前）

登場人物

ダーク・ピット —— 国立海中海洋機関《NUMA》長官

アル・ジョルディーノ —— NUMA水中技術部長

ハイアラム・イェーガー —— NUMAコンピュータ処理センター責任者

ルディ・ガン —— NUMA次官

サマー —— ピットの娘、海洋生物学者

ダーク・ピット・ジュニア —— ピットの息子、海洋技術者

ローレン・スミス・ピット —— ピットの妻、下院議員

ジェームズ・サンデッカー —— アメリカ合衆国副大統領

マーゴット・ソーントン —— 地球物理学者、メルボルン号乗組員

アリステア・ソーントン —— マーゴットの父、鉱山主

チャック・ソンタグ —— メルボルン号航海士

テンジン・ノルサン —— ダライ・ラマ警護隊員

ラマプラ・チョドゥン —— チュシ・ガンドゥク・ゲリラの一員

ヤン・チャオミン —— 中国人民解放軍大佐

ゼン・イジョン —— 中国陸軍中尉、特殊作戦司令部所属

ニン —— ゼンの腹心の部下

34

「いいか」グリアはバーの奥から進み出た。「君にそんな――」

彼の言葉はピストルの銃声に遮られた。弾丸《たま》はグリアの肩の上部に命中し、彼のシャツに赤い染みがひろがった。タライが悲鳴をあげた。

「床に伏せろ！」殺し屋は制した。

サマーは殺し屋の目を見つめたまま、ゆっくりバーのタオルのほうへ手を伸ばした。彼女はそれをグリアの肩に当て床に寝かせてやった。タライとダークは彼らの隣に横になった。「金ならレジスターのなかだ」グリアが言った。「それを持って行って、わたしたちは放っておいてくれ」

「黙れ」侵入者はピストルをダークに向けた。彼がいちばん手強《てごわ》いと目星をつけたのだ。それからバーに近づいた。彼はすぐ開いているケースに向かっていって包装紙をはがし、彫像を一つずつ点検した。彫像を元にもどすとバーから離れ、床に転がっている人質たちを秤《はかり》にかけた。彼はピストルをサマーのほうに向けた。「お前だ。立て」

ダークは身体を起こそうとした。だが殺し屋はすばやくピストルを彼の頭に向けた。

「じっとしていろ」

サマーはゆっくり起きあがった。殺し屋は狙《ねら》いを彼女に変えた。「バーの上のケースを閉じて手に持て」

サマーは彼の指示に従ってケースを閉じて鍵《かぎ》を掛け、ケースを持ちあげた。

殺し屋は床の三人に話しかけた。「お前らはじっとしているんだ、なにもするんじゃないぞ。俺の跡を尾行《つけ》ようとしたら、この女を殺すぞ。警察に電話などしようとしたら、この女を殺すぞ」

ダークはちらと妹に視線を走らせた。彼は殺し屋から数歩離れていたが、相手の膝《ひざ》に飛びつけそうだった。サマーが急襲に協力してくれることは分かっていた。しかし、彼女の目は手だし無用と警告していた。血を流している館主の姿は、襲撃するのは無謀だと彼女に伝えていた。殺し屋はすこぶる危険な奴だった。

ダークはじっと横たわったまま、サマーが玄関へ歩かされていくのを虚《むな》しく見つめていた。殺し屋に急《せ》かされて、彼女がドアを開けようとすると鍵が掛かっていた。彼女は空いている手を伸ばし、閂《かんぬき》を外して取手をつかんだ。

ドアが不意に大きく開けられたので、サマーが後に飛びさると別の男が入ってきた。背が高くて肩幅は広く、感じのいい顔立ちのチベット人だった。彼はサマーに微笑《ほほえ》みかけ釈明をはじめたが――背後からいきなり頭を殴られた。

サマーは息をのんだ。男は彼女の足許《あしもと》の床にくずれ折れ、さらに別の男が戸口に現れた。彼はチベット人を殴り倒した中国製ライフルの銃床を下ろし、サマーを睨《にら》みつけた。彼は最初に現れた殺し屋に二言三言話しかけ、ライフルをコートの下に滑りこませ、部屋の外に姿を消した。

サマーがしゃがみこんでチベット人の無事を確かめようとすると、背筋にピストルを押し付けられた。「行くんだ！」

彼女はうつ伏せになっている男をまたいで、陽射しの中へ出ていた。

小型の白いセダンが近くに停まっていて、二番目の殺し屋が右ハンドルに向かって坐っていた。後ろのドアへ引きたてられたサマーが車に乗りこむと、ケースが足元に置かれていた。背の低い殺し屋が彼女の隣に滑りこみ、ピストルを彼女の膝に向けた。運転手がアクセルを踏み、車は通りを突き進んだ。

サマーはちらっと後ろをふり返った。クラブは背後の土埃《つちぼこり》の中に消えていった。また兄に会える日があるのかしら。

35

チベット・クラブ博物館の中では、ダークが飛び起きてグリアをバースツールへ連れて行ってやった。「だいじょうぶですか？」

「軽くかすっただけです」クラブのオーナーは顔をしかめながらタオルを肩に当てた。

「彼らは何者でしょう？　どうして、ケースのことを知っているのだろう？」

「分かりませんな」グリアは答えた。「遺物泥棒でしょう、おそらく。あるいは、ダライ・ラマの失墜を企んでいる中国の工作員か。神のみぞ知る、この町の周辺に彼らがどれほどいることか。あなたは彼らを追跡するのでしょう？」

「ええ」ダークはドアのほうへ駆けだしながら答えた。

「慎重に」

入口では、テンジン・ノルサンが意識を取りもどし、立ちあがろうとしていた。彼は部屋を見まわした。グリアはバースツールに坐りこんでいて、肩は血に染まっていた。ダークは自分のほうに走ってきていた。

ノルサンは薄手のジャケットの下に手を伸ばしてグロック19オートマチック・ピストルを取りだし、ダークの胸に狙いをつけた。「ガ・カ・ダ！」彼は叫んだ。「ストップ！」

ダークは止まり、両手をあげた。

グリアはチベット語で男に呼びかけ、ピストルを下ろすよう促した。ダークは彼の脇《わき》をすり抜けざまに、銃のことをなにか彼に面と向かって言いすて、ドアから飛びだして行った。

通りの前方に、辛《かろ》うじて白いセダンが目に留まった。角を曲がるところで、サマーの赤い髪が後ろの窓越しに見えた。ダークは追跡する手立てはないか辺りをざっと見わたしたが、脇道にはほかの車はなく、わずかな歩行者が通りかかっているだけだった。背後で咳《せ》きこむようなエンジン音がしたのでふり向くと、色褪《いろあ》せた緑の車がゆっくりと近づきつつあった。

それはダークが先刻エンジンを掛けてやったインターナショナル社製のピックアップ・トラックで、先ほどと同じ僧が運転席に収まっていた。ダークが両方の腕を振りまわしながら道の真ん中に駆けだすと、トラックは停まった。ダークは運転席のドアに走りより、ドアを勢いよく開けて乗りこみ、僧をベンチシートへずらした。

「妹が危険な目にあっている」彼は手動のトランスミッションを入れながら言った。

「このトラックを貸してほしいんだが」

トラックがスタートしたとたんに助手席のドアがさっと開き、ノルサンが飛び乗ってきてベンチシートを占領して僧を真ん中に押しこんだ。ダークはアクセルを床に踏みつけてトラックのスピードをあげ、通りを横切っている野良犬を躱《かわ》した。

トラックは速くもなければ軽快でもなかったが、マクロード・ガンジの道は狭く曲がりくねっているうえに舗装が荒く、ランボルギーニの速度は落ち気味だった。ダークはハンドルを切って急な曲がり道へ出た。その先は通りが交差していて、露店が並んでいた。彼はすばやく上下に目を走らせたが、白いセダンは見当たらなかった。

「右へ曲がる」ノルサンが声を掛けた。「左手はツォクラカンの裏手で袋小路だ」彼はクイーンズ・イングリッシュ調の英語でつけ加えた。

ダークは右を向き、長い丘を見あげた。

「マクロード・ガンジを出る道は二つしかない」ノルサンはつけ加えた。「これは主な道で、ダラムサラに通じている」

ダークはセコンドギヤにダウンシフトしエンジンの回転数をアップしながら、丘の頂へ近づいていった。トラックはよろめきながら頂上を乗りこえた。そこから道は町を眼下にして左へ曲がり、散在する杉の木立を通り抜けていた。四〇〇メートルほど先に、白いセダンが木立の切れ目から姿を現した。

トラックが幅の広いゆるやかなカーブに入ったので、ダークはチベット人のナビゲーターにちらと視線を走らせた。隣の頭の禿《は》げあがった僧とは異なり、ノルサンは長い髪の毛を後ろ手に引いてポニーテイルに編んでいた。アスリートのような体形の彼は、LLビーンのカタログから抜けでてきたような感じをあたえた。

「あなたは何者なんです？」ダークはトラックがスピードを取りもどしたので、サードギヤに切り替えた。

「名前はテンジン・ノルサン。ナムギャル寺院と中央チベット政権で働いています」

「寺院の職員はみんなグロック19を携帯しているのですか？」

「いいえ」ノルサンは説明抜きで答えた。

「それでは、なぜクラブのオーナーはあなたを呼んだのだろう？」

ノルサンは片方の眉毛《まゆげ》を吊《つ》りあげた。「彼はあなたを盗んだ彫像の密売人ではと考えた、しかもわれわれ国民にとって宗教上すこぶる重要な作品の」

道はしばらく直線になった。前方を白いセダンは通常の速度で走っていた。ダークはアクセルを床まで踏み続けた。トラックは荒くれ道をいまにも飛び立たんばかりに跳ねあがりながら突進した。

「速すぎる！　速すぎるよ！」僧は叫びたて、両手の甲が白くなるほどダッシュボードを握りしめた。

「われわれの話は絵空事ではない」ダークは僧の頼みを無視して言った。「われわれはこの彫像のケースを、フィリピンで墜落したある飛行機のなかから発見したんです。私たちに金銭的な関心はありません。正当な所有者を探しているだけです」

「グリア氏はあまり確信を持てずにいたが、私はあなたたちを信じています」

道は木に覆われた峠《とうげ》を下り、スイッチバックの連続を経てダラムサラの北の端に至っていた。ダークは油断なくセダンを見張っていた。自分たちの下に広がる最初のスイッチバックをちょうど通っていた。急カーブの連続は小さめな車に有利で、トラックはしだいに差をつけられはじめた。

「彼らは何者なのだろう？」ダークは訊《き》いた。

「中国の工作員でしょう、まず間違いなく」

「どこへ向かっているのか、思いあたる節でも？」

「かりに彼らが中国人なら、ダラムサラに隠れ家を設けるはずです。それはがっちり守り固められるでしょう」

ダークは最初のヘアピンカーブに差しかかった。くたびれたタイヤが悲鳴をあげた。セダンはすでに前方のカーブの端を出ようとしていた。あと一、二度カーブを切り抜けると、セダンは迷路のようなダラムサラの通りに入るはずだった。ダークはスイッチバックの合間にセダンの進路と急な裸の丘の斜面を見つめ、攻め方をはじき出した。

「しっかりつかまれ！」彼は思いきりハンドルを切った。

古びたトラックは縁石を弾みながら跳びこえ、急な斜面にフロントから突入していった。僧は喘《あえ》ぎ、チベットのマントラを唱えだした。彼らはみな座席から飛びあがっていた。

ダークはトラックが丘をまっすぐ下りられるように向きを修正し、ブレーキを踏みこんだ。トラックの速度はほとんど落ちなかった。丘陵の土壌は緩く車輪が滑り落ちた。車体は弾み震えながら岩や灌木《かんぼく》の茂みを音高く跳びこえ、勢いを増しつつ急斜面を下っていった。

目の片隅で、ダークは白いセダンが下の道の左手から近づいてくるのを捉《とら》えた。その運転手はまだ落下中のトラックに気づかぬままに、丘の麓《ふもと》沿いに道が真っすぐ伸びているのをなにげなく目で追っていた。

運転手が目をあげると、ピックアップが土埃を背後から巻きあげながら斜面を猛然と下ってきていた。それはセダンにまともにぶつかる方向だった。

運転手は一瞬ためらったが、トラックより先に道を通り抜けられると計算した。彼はアクセルを踏みこみ車を左に寄せて、突進する緑色のトラックから距離を取ろうとした。

ダークは車が加速したのを見てとり、踏んでいるブレーキを放した。トラックは丘の麓に達して縁石に高く跳ねあがり、そのくたびれたスプリングは呻《うめ》いた。前輪は路面に激突、両方のタイヤは破裂。車体は滑りながら道を過ぎった。車内に乗っていた者たちは、白いセダンを通りの向かい側に目撃した。

セダンは無傷ですり抜けられそうだった。そこで、ダークはトラックのハンドルを右に切った。辛うじて、トラックのフロント・フェンダーは向きを変え、セダンの後部側面に突っこんだ。その衝撃で、セダンの後部は反転して反対側の縁石に激突。トラックの惰性がセダンをさらに押しだし、縁石の向こうの無人の出店の板の側面に叩きつけた。

辺りは静まり返り、路上の埃は大地に収まった。サマーは目の前のヘッドレストに頭を強打し眩暈《めまい》に襲われたが、それ以外には無傷だった。彼女はほかの二人より運がよかった。運転手はバックミラーで頭のてっぺんを切り、出血を止めようとしていた。後部座席の殺し屋は側面の窓に頭を打ち、朦朧《もうろう》とした状態で座席にうずくまっていた。二人に回復されてはめんどうだ。サマーはドアの取手を引き肩を扉にぶつけながら、ケースを抱えて車から転げでた。

隣のトラックの中でも、同乗者たちは似たようなさまざまな切り傷や痣《あざ》に見舞われていたが、出店の木製の囲いが衝撃の大半を吸収してくれたので大事には至らなかった。ダークはトラックを出ようとしたが、ドアが押しつぶされてしまっていた。ノルサンがすでに助手席のドアを開け放っていたので、ダークは裂かれた厚板を押し分けて、よろめきながら車外に出た。

サマーはセダンのそばに跪《ひざまず》いていたし、運転手は停まってしまった車を再スタートさせようとしていた。後部座席に動きがあった。背の低い殺し屋が開いている後ろのドアから身を乗りだした。彼はサマーをちらっと見た。つぎの瞬間、ノルサンが近づいてくるのに気づいた。ピストルを持ちあげ、チベット人を狙って撃ちはじめた。

最初の二発は逸《そ》れたが、三発目はノルサンがじぶんのグロック・ピストルに伸ばした腕に当たった。

つぎの一発が放たれればおそらく彼の命を奪ったことだろうが、サマーが殺し屋の狙いを高く逸らした。跪いたまま身を乗りだし、アルミニウムのケースを振りまわして、殺し屋の頭のガラス窓にぶつけた同じ個所を殴った。殺し屋は崩れこみ、ピストルを落とした。セダンはその一瞬後にスタートした。

運転手がアクセルを踏むなり車は突進した。サマーは転げて身を躱《かわ》した。後部座席の殺し屋は床に滑り落ち、弾みを食ったドアは彼の頭にぶつかり大きな音をたてて閉まった。車は曲がりくねりながら飛んでいった。片方の後輪はがたついていた。しかし運転手はスピードを落とさなかった。彼は猛然と脇道に入っていき、ダラムサラの裏道に姿を消した。

サマーは車が巻きあげた埃の跡を見つめていたが、やがて立ちあがり、ひしゃげた緑のトラックに目を転じた。もしもひどく脅えていなかったなら、彼女は血だらけの乗客三人の姿を見てたぶん笑いだしたろう。例のハンサムなチベット人は、左の上腕三頭筋の傷口を鷲《わし》づかみにしていた。僧は赤い衣をまとっていて、剃《そ》りあげた頭に傷を受けて血が滲《にじ》んでいた。それにダークは、頰《ほお》に擦《す》り傷、顎《あご》に切り傷があり、片方の膝が硬直していた。

「だいじょうぶか?」ダークが訊いた。

「私? 着ているものが少し汚れただけ」彼女は服の埃を払い落としながら答えた。

「だけどあなたたち三人は、死に目に襲われたみたい」彼女はノルサンに近づき、出血している腕を見つめた。「撃たれたの？」

「もっとひどい事になっていたでしょう、あなたが動いてくれなかったら。ありがとう」

サマーの目の前で僧がトラックの脇の地べたに坐りこみ、経を唱えはじめた。彼女は兄のほうを向いた。「彼はあなたの運転が気に入っていないようね」

「なぜだろう」彼はとぼけた口調で応じた。「傷《いた》んだ個所は修理するって、すでに約束してあるんだが」

「あれは狂気の沙汰《さた》だったわ、だけどやってのけてくれてありがとう」サマーは改めてトラックに目をやり僧を見つめた。「あれは……あれは同じトラックと僧なの、今朝の？」

こんどはダークが笑った。

「ああそうとも。これぞ世にいう宿縁だろう」

36

中央チベット政権の警護隊が、地元の警察が現れる前に現場に到着し、一行をマクロード・ガンジへすみやかに送りかえした。ツォクラカンでは、彼らは小さな診療室へ連れていかれ負傷の手当てを受けた。ノルサンの傷がいちばんの深手だったが、弾丸は骨を逸れていた。傷口は消毒され包帯を巻かれ、彼には抗生物質がたっぷり注射された。

しかし彼が釈放される前に、長老ケンツェ・リンポチェが部屋に入ってきてドアを閉ざした。彼はノルサンの上腕に巻かれた包帯に目を留めた。「怪我《けが》をしたのか?」

「ほんのちょっと」

「いま警護隊の隊長と話したばかりなのだが。侵入者たちは中国の工作員だと彼は確信している。彼らはなぜアメリカ人たちの誘拐を計ったのだろう?」

「それは彼らが所持している遺物のせいです。ネチュン寺の物のようです」

「ネチュン寺の聖像！」彼は珍しく感情もあらわに大きな声を出した。

「いいえ、小ぶりな遺品です。ですが、興味ぶかい偶然が絡んでいます。ラムプラ・チョドゥンの所有物のようなのです。できるだけ早い機会に、彼と話をするつもりです。ですが、われわれがネチュン聖像に関心を寄せていることに、中国人たちが気づいているのではと心配です」

「どうして彼らが知りえるのだね？」

「彼らはチベット・クラブ博物館が掛ける電話をぜんぶ盗聴しているはずですから。すでに警告したことですが、さらなる技術上のファイヤーウォールなしでは、この地域全体におけるわれわれの通信は危機に瀕《ひん》しているようです」

「この件は私から法王にお伝えするとしよう。例のアメリカ人たちだが、身分に偽りはない。彼らの父親は大きな海洋機関のトップだ。アメリカ政府内にいる彼らの仲間をわれわれはつねに利用できるのだから、可能な限り彼らに協力すべきだろう」

「そのようにいたします」

ダークとサマーは小さな会議室でノルサンを待っていた。ダークの切り傷の手当てが終わってから、二人はその部屋でお茶のもてなしを受けていたのだった。

「あなたの翼はちゃんと付いているようです」ダークはチベット人が二人の横に腰を

下ろすと声を掛けた。

ノルサンは包帯で吊るした腕をあげて見せた。「傷は軽いものです」彼はサマーに微笑みかけた。「ひとえに、あなたが防いでくれたおかげです」

彼女は足許の彫像のケースを軽く叩《たた》いた。「手近に頑丈な武器があったので」

「二人ともひどい怪我をせずにすんでなによりです。こんな暴力沙汰は、ここではぜひご勘弁願いたいものだ」

「今日、実際に何があったのか、あなたになら説明できるのでは」サマーはティーカップにお茶を注いで警護隊員に回した。

「むろん推測ですが、中国政府を疑わずにおられません。中央チベット政権、さらにはここに亡命中のダライ・ラマ法王は、中国側にとっては一つの棘《とげ》でしょう。公然たる秘密です、ダライ・ラマばかりか彼らが抑圧しているチベット国民の不幸を彼らが願っているのは。したがって、ダラムサラ全域はスパイや見張りだらけです」

「銃を突きつけて観光客から奪う者たちは？」

ノルサンは首をふった。「ごくまれな事件です」彼は身振りでケースのほうを示した。「彼らは紛れもなくあの彫像に関心がある」

「なさそうですけど、私たちは台湾からずっと尾行《つけ》られているようです」サマーが言った。「似た手口の影像泥棒が台湾で企《くわだ》てられたし、それにシンガポールでも」

「ありうる」ノルサンは言った。「彼らがグリア氏と私の交信を傍受した可能性もある」

「彼らはチベットの影像の取引にも関心を寄せているのだろうか?」ダークが少し皮肉な調子で訊いた。

「彼らがこうした特定のトクチャー影像にとりわけ関心を持つ理由は私には分からないが、彼らはこの地域で、ダライ・ラマにさらなる注目、名声、あるいは権力を与えそうなものは総て、喜んで買い取ったり徴発したりしている」

「この一連の影像をふくめて?」

ノルサンはうなずいた。「これらが本当にネチュン寺のものならば、ここのオラクルにはすこぶる価値があるはずです。つぶさに点検したいはずですが、彼はこの午後しばらく会議です。この一連の影像を持って、ラムプラ・チョドゥンを訪ねるつもりだったのですが」

「その人はどういう方なのですか?」サマーが訊いた。

「グリア氏によれば」ノルサンは答えた。「彼はあなたたちの影像の所有者です」

＊　＊　＊

その小さな家はマクロード・ガンジ北西の森の歩道の外れの、急な崖《がけ》のうえに佇《たたず》んでいた。ダウラヤグール山脈の雪を頂く峰の連なりが、重々しく背後にそびえ立っていた。石と木材造りのその家は手入れがよく行き届いた感じで、側面にはこぎれいな菜園があった。だが十月なので、取り残されたわずかな野菜は秋の冷たい風と戦っていた。

「俗界を離れた、なんて美しい場所でしょう」サマーがつぶやいた。

ダークは近くの森の中の屋外トイレを指さした。「しかし、暮らしの便宜にいささか欠けている」

彼らは歩道を慎重に進むノルサンの跡からついていった。彼は道をふり返った。警護隊員仲間の二人が護衛についていて、彼らは別の車で三人を後から追っていた。彼らはノルサンと同じようにインド陸軍で教育を受け、エリート部隊である国家警護隊に所属していて、ダライ・ラマを護るためにテロ対策技術を身につけていた。

サマーは煙突から輪を描きながら一筋の煙が立ちのぼっているのに気づいた。彼らは正面のポーチに近づき、ノルサンがドアをノックした。分厚い木の扉が開き、フランネル・シャツ姿の老人が現れた。八十歳をかなりすぎている感じだったが、よく引き締まった身体をしていた。彼は黒い目で訪問者たち三人を探るように見つめた。やがて石のような表情はほぐれ温かい笑顔に一変した。

「テンジン・ノルサン、そうだろう？」

ノルサンは年長者に頭をさげた。「そうです、ラム‐ラ。お会いできてなによりです」

「最後に会ったときには、君はヤギほども背丈がなかった。大叔父は達者かな？」

「はい。強い意志を持って齢と闘っています。彼はあなた様がいつの日か訪ねてくださるのを願っております」ノルサンは向きを変えてダークとサマーを紹介した。

「アメリカ人？　私はずいぶん昔にアメリカに行ったことがあります。ヒマラヤ山脈に負けぬほど寒かった。どうぞ入ってください」

ラマプラ・チョドゥンは彼らを中に招き入れた。彼は足を引きずりながら三人を小さな長椅子《ながいす》と椅子へと案内した。彼は薪《まき》ストーブでお茶のポットを沸かし、お茶を銘々の小さなマグに注いだ。サマーはお茶が黄色くて、刺激が強く塩味がすることに気づいたが、チベットの伝統にしたがってヤクのバターで風味をつけてあることには思い至らなかった。

「ラムと私の大叔父は」ノルサンが話した。「一緒にチュシ・ガンドゥクに勤めた仲なのです。チベットのゲリラ部隊で、ずっと以前に中国人と戦ったものです」

ダークは壁に掛かっている一枚の写真に気づいた。軍服姿の若いチベット人たちが気をつけの姿勢で雪の上に立っていた。コロラド州の旗が背景の柱に掲揚されているのを彼は確認した。「コロラドにおられたんですね？」

「ええ、われわれはCIAと一緒に、あの山中の秘密基地で訓練を受けたのです」彼は笑いを浮かべた。「同時にわれわれは、ビーフ、ポテト、それにチョコレートを毎日頂戴《ちょうだい》したものです」

「ここにいる私の友人たちは、古い時代の貴重な彫像であなたに帰属する遺物を発見しました」ノルサンは話した。「それと関連のあるほかの彫像についてもお尋ねしたいのですが」

サマーはケースを低いテーブルに置き蓋《ふた》を開けた。その間にラムは、みんなのお茶を改めて注いだ。彼女は彫像の一つを取りだし包みから解きながら、発見に至った経緯を説明した。ホラ貝の彫像をラムにわたすと、彼はそれを両手で持った。

老人はそれを貴重な宝石のように押し頂き、目を見開いて彫像を観察した。「八点ぜんぶ持っているのですか？」彼は開けられたケースを見ずに訊いた。

「ええ」サマーは答えた。「あなたの物ですか?」

ラムは目を閉じて椅子に深く坐《すわ》りなおし、彫像を握りしめた。彼は別の時空に没入している感じだった。しばらくすると、彼は目を開けてうなずいた。「そうすると、台湾から輸送中に行方不明になったのか」彼は低い声で言った。

「どういう経緯で、その地に至ったのでしょう?」ノルサンが訊いた。

「この彫像のために、私はマクロード・ガンジにいるのです」ラムは彫像をなでた。

「かつて私はチベットから脱出できるていどに負傷が回復したのでネパールへ渡り、同地に数か月留まりました。それから、この地へ来ました。私はこの一連の遺品をオラクルにお返しするつもりだったのです。この地に着くなり、チュシ・ガンドゥクが私の負傷を見て、是非にと食事をあがなってくださった」彼は右脚を軽く叩いた。

「私たちは町中《まちなか》のある場所へ行った。チベット・クラブ、そういう名前だったと思うが」

サマーが微笑んだ。「ええ、私たちあそこへ行ってきました」

「私が友人に遺物を示していると、店の主と食事をしていた別の男の目を引いた。彼は台湾の国民党員で、彼はその地にある自分の博物館のために遺品を買い求めたがった」

「彼の名前はファンでは？」ダークが訊いた。

ラムは考えながら椅子の肘掛《ひじか》けを軽く打った。「そうだったかもしれない」彼はうなずきながら言った。「彼はたいそうな金額を提示したが、私の物ではないので売るわけにいかなかった。寺の物なんです」彼は間を取ってお茶を啜《すす》った。「するとその男性は、台湾で一時的に展示するために借りられないかと訊《たず》ねた。私はひどく気が進まなかったのだが、彼は寺にかなりまとまった額の寄進をすると申し出た。私の友人とクラブの所有者のハント氏が、男性の人柄を揃《そろ》って保証した。彼は三か月後にダラムサラに戻ってくるので、その時に遺物を寺に返すと言った。私は彼が遺物を受けとり、その移送をハント氏に委ねることに同意した」ラムはケースを指さした。

「それが遺物の見納めになってしまった」彼は首をふった。「あの男は二度と戻ってこなかった。したがって、彼は遺物を盗んだのだと私は思いこんだ。ひどく恥じ入るあまり、寺には話したことがありません。彼がたしかに寄進したことは、のちに確認することができました。しかし、彼が遺品を返す途中に命を落としたとはまったく知りませんでした」

「おたずねしてよろしければ」ダークが切りだした。「これらの彫像をどうやって手に入れられたのでしょう？」

ラムがノルサンを見つめると、彼はうなずき答えることに同意した。

「私の家族は一九五六年に、ツェタン市の私の家の近くで起こった暴動の際に中国人に殺されました。私は同じ村の出の男たちと、占領軍に対してゲリラ戦を展開していたある反逆グループに加わりました。私たちは後にそちらのお国のCIAの援助を受け、訓練のためにアメリカへ派遣されました。一九五九年の三月にラサは緊迫状態に陥り、中国軍がダライ・ラマを拉致《らち》する恐れがあった。そこでわれわれのあるグループが、彼を脱出させるためにパラシュートで降下した」

サマーはひどく驚いた。「ダライ・ラマのチベット脱出に協力なさったのですか？」

「計画通りには運びませんでしたが。私は別の小隊を率いてネチュン寺へ赴きました。あそこのオラクルを避難させるためです」彼は一つ間を取ってその夜の一連の出来事を回想した。

「われわれはダライ・ラマとオラクルが、すでに先発偵察隊とともにラサを去ったことを知った。私はあの寺の長老僧を見つけたので、われわれと一緒に来るように説得した。すると彼は、寺のいちばん尊い遺物を護るのに協力してくれるなら立ちさると答えた」

ラムはケースのほうに手をふった。「彼はそうした遺物を私にわたした。私はそれらを上着に押しこんだ」

「そうすると、これらは本当にネチュン寺の物なのですね？」ノルサンが訊いた。

ラムはうなずいた。「これで私が、遺物が無くなったことをここの寺に知らせるのをはばかった理由が分かったでしょう」

「ですが、老僧は知っているのでは？」サマーが訊いた。

「ええ。彼の名前はトゥプテン・グンツェン。あの名前は忘れたことがありません。残念ながら、彼は脱出行を生きのびられなかった。ほかの者たちと同様、命を落としてしまったのです」ラムの声は途切れた。

訪問者たちは沈黙をまもり、長老の考えがまとまるのを待った。

「ＣＩＡの一機の飛行機がわれわれを連れだすために、大変な危険を冒してラサへ飛来した。われわれはまだ離陸しきれないうちに、中国軍から小火器の襲撃を浴びせられた。エンジン一つを傷められたが、われわれは飛びつづけた。天候は悪く、われわれは雪嵐《ゆきあらし》の中に突入した。飛行機は空中で揉《も》みしだかれた。われわれは山に激突し、私は扉から外へ投げだされた。やがて飛行機は墜落した。私は依然としてこの遺物をぜんぶ上着の下に持っていた」

ダーク、サマー、それにノルサンはみんな身を乗りだした。「いったいどうやって生きのびられたのです？」サマーが訊ねた。

「私は新雪に覆われた氷河の上に投げだされたのです。意識を取りもどしたとき、私はほとんど動けませんでした。骨盤は折れ、片方の脚は砕けていました」彼は右脚を指さした。「私は夜のあいだずっと、肘で這《は》いずり続けた。嵐は朝には通りすぎ、私はネパールの交易商人たちに見つけられたが瀕死《ひんし》の状態だった。彼らは介抱して私を回復させてくれ、そのうえ山脈を越えてネパールに入るのに協力してくれた」

ダークとサマーが話に聞きほれているいっぽう、ノルサンは新たな関心を寄せてトクチャー彫像を見つめていた。ラムは彼が注視していることに気づいた。

「これらの遺物をナムギャル寺へ持って行って、あなたからネチュン・クテンに贈呈してはいかがです」

「このうえなく優美な贈り物」とノルサンは応じた。「オラクルはさぞ喜ぶことでしょう」

「彼はこの発見をしたこちらの方たちに感謝すべきだ」ラムは身振りでダークとサマーを示した。

「むろんです、ラム・ラ。あえてまたお尋ねしますが、あなたはこれらの遺物を法王がラサから脱出後に手に収められたのですね？」

「そうです、ですが数時間ないし一日」

「それに、中国軍は寺を荒らさなかった?」

「中国の兵隊が入りこんではいたが、私は彼らが何かを持ちだしたり破壊したりしたことは知りません。都市《まち》は大変なパニック状態でした。中国軍は街の西側に集結していたし、ダライ・ラマをほどなく逮捕するという噂《うわさ》がしきりだった。それ故に、われわれは駆けつけたわけです」

「あのお寺には、ほかにも尊い遺物があった」ノルサンは一つ間を置いた。「ネチュン聖像と呼ばれていました。まだあの寺にあるかご存じですか?」

「ありましたが、あの僧が持っていきました」

「どの僧です?」

「トゥプテン・グンツェンです、前に触れましたが。彼はすこぶる勇気があった。しかも強健だった。彼は聖像を飛行場まで運びとおした。重さ二〇キロはあったはずです」

「それは……あなたと一緒に……ラサから飛び立った?」

「そうです」ラムは答えた。「あれは飛行機が墜落した時に、グンツェンや私の部下とともに失われました」

サマーはノルサンの顔が青ざめるのに気づいた。「ネチュン寺の像はどうして重要なんです?」

「ネチュン寺はチベット全土を通じてもっとも聖なる寺院の一つです」彼は説明した。「ステート・オラクルがおられる由緒ある場所なのです。少なくとも一九五九年までは」

「ステート・オラクルとはどういう方なのでしょう?」

「チベットでは」ノルサンが説明した。「オラクルは転生した人で、神との霊媒も務める。彼らはさまざまな出来事の解釈や将来を予測するうえで重要な役割をはたします。ネチュン・クテンはわれわれのもっとも重要な霊媒です。彼はペハル、ダライ・ラマや亡命チベット政府の聖なる保護者と通じている。ステート・オラクルである彼は、法王がもっとも信頼を置く助言者の一人です」

「ネチュン・クテンは生きていて、ここマクロード・ガンジにいらっしゃる?」サマーは訊いた。

「もちろん」ノルサンは答えた。「しかし、ネチュン聖像は——」

「ネチュン聖像はオラクルにとってきわめて重大な意味を持っているのでは?」ラムが言った。「そうグンツェンは私に言っていた」

ノルサンはゆっくりうなずいた。「それは長老のラマ僧たちには重大な関心事です。とりわけ、現在のダライ・ラマが最後の息を引き取った後に」

ラムはわけ知り顔に一つうなずいた。「彼の転生の関連で」

「いまやその件には政治的な意味合いが絡んでいる」ノルサンが言った。「中国はつぎのダライ・ラマを選びたがっている。チベット人全体を、チベット外にいる人たちまで支配するために。かりにネチュン聖像を手に入れたなら、彼らはいっそう都合のよい主張を展開できるだろう……あるいはダライ・ラマに甦りを全面的に諦《あきら》めさせることが可能になる」

「ネチュン聖像は」サマーが訊いた。「トクチャーでできているのですか？」

「ええ」

「それだけで中国にねらわれそうね」

ノルサンは覗《うかが》うように老体を見つめた。「あの像は飛行機の墜落を生きのびられたでしょうか？」

「ええ、かなりその可能性は高いかと」ラムは答えた。「私の知るところでは、残骸《ざんがい》は事故当時は見つからなかった。むろん、もうずいぶん年が経《た》ったが、人里離れた山の中のことだから」

ノルサンは立ちあがり、狭い部屋を歩きまわった。立ちどまると、彼は老戦士の前に跪いた。「ラム‐ラ、飛行機の墜落場所を特定できるとお思いですか?」

ラムは片手をノルサンの肩に載せ首をふった。「おおよその見当しか教えられない」彼は脚を引きずって本棚へ向かい、ヒマラヤ山脈のくたびれた地図を持ってもどってきた。彼はそれをテーブルの上にひろげ、しばらく検討した。自分たちのいるインドの北部から指でなぞって、ネパールを過《よ》ぎりヒマラヤ山脈を東へ向かった。彼はネパールとブータンに挟まれ山脈に突き出ている狭いインド領でためらった。

「ここだ、シッキムと呼ばれる地域だ」彼は机に近づき、抽斗《ひきだし》をかきまわして拡大鏡を探し地図のところへ引きかえした。「私は山から下ろしてもらい、長い谷間を運ばれてラカモの牧夫の家に着き、そこからダムブン村へ出た」彼はその村を地図上に探したが見つからなかった。

「待った、それはラチェンの近くだ」彼は地図に記されている小さな町を指さし、山脈の等高線沿いに北西の端までたどっていった。「ダムブンはこの辺りのはずだ。ラチェンから七キロ見当。この谷間かもしれない」彼は高い峰の間を北へ伸びている奥まった渓谷を指さした。「谷間の外れの連峰の麓、そこで私は発見されたように思う」

ノルサンは老人の説明を克明にメモした。「この地図を拝借できますか?」

「いいとも」ラムは鉛筆を手に取り、その一帯を丸で囲んだ。ノルサンはしばらく黙りこんで坐っていた。「ありがとう、ラム・ラ。ネチュン聖像を山脈のその辺りで探します。なにかほかに思いだしたら、どうぞツォクラカンの修道院にご連絡のほどお願いします」

老人は地図の丸囲いを軽く叩いた。「くれぐれも気をつけるように。チベットの国境が峡谷の東斜面の背後を伸びている。チベットの領内には踏みこまないように。もしもあそこで中国人に捕まったら、その先ずっと刑務所暮らしになる」

「あなたが示唆《しさ》した連峰はインド領内です」ノルサンは言った。「チベット領に入る必要はないでしょう」

「それでも、君が独自で探すにはひどく険しい場所だ」

「ええ……」ノルサンは希望と恐れが混じった表情で地図を検討した。

部屋は静まり返った。ダークはちらっと妹を見てからノルサンのほうを向いた。

「われわれが協力します」

「あなたたちが?」ノルサンが言った。「あなたたちはすでに十分やってくださった」

「もっとやれます」ダークは言った。「われわれは衛星画像やコンピューター・モデリングにアクセスできるので、探索区域を絞るうえでお役にたてる。ネチュン聖像がそれほど重要なのなら、われわれは力になりたい」

「私たちは沈没船を探す経験が豊富です」サマーがつけ加えた。「私たちはすでに航空機を一機、フィリピンで見つけています。もう一機見つけるの、きっと楽しいでしょうね」

「ヒマラヤ山脈へのトレッキングが楽しい?」ラムはノルサンを見つめ、二人とも声をたてて笑いだした。サマーは何がおかしいのか訳が分からず、不意に当惑顔で兄のほうを向いた。

「なにか、私したかしら?」サマーはつぶやいた。

37

最初にそれに目を留めたのはマーゴットだった。小さな差し掛け小屋は浜辺のすぐ先の藪《やぶ》に隠れていた。彼女、ピット、それにジョルディーノはよろめきながら風の吹き荒れる入江を離れた。雨が突き刺すように肌に叩きつけられた。その小さな建物に向かっていくと、背の低い熱帯植物の下に一軒の小屋が見つかった。

それはシュロの幹を切りだした材でできていて、一本の大きなバニアンの木の土台を囲んでいた。流木がその上に差しかけられシュロの葉で覆われているので、雨から護られていた。マーゴットが狭い入口を、内陸部を向いている裏手に見つけた。彼女は入ってすぐの暖炉を避けて奥に進み、嵐から逃れた。ピットとジョルディーノは彼女に倣《なら》って中に入った。外から初めて見た感じより建物は広かった。薪の束が一つ、片隅の鋳物《いもの》のポットの隣に押しこまれていて、木の幹から彫りおこされたベンチが一脚奥の壁沿いに置かれてあった。砂地の床には煙草《たばこ》の吸い殻が散らばっていた。ピットは埃っぽい魚の骨が暖炉に転がっているし、その隣には空の酒樽《さかだる》があることに気づいた。

「タージ・マハールという訳にはいかない」ジョルディーノが言った。「しかし、海辺で溺《おぼ》れ死ぬよりましだ」

目が薄暗い内部に慣れると、ピットは錆《さ》びついたフィッシュナイフ一本といささかくたびれた網が壁に掛かっているのを見てとった。「きっと漁師の小屋で、時化《しけ》の時に使っていたのだろう」

「あるいは、パーティー用に」ジョルディーノは手近な空の酒瓶を拾いあげ、カップ一杯分の砂を注いだ。

ピットはその瓶をジョルディーノの手から取った。「君、すこしここを暖かくしてくれないか？」彼は薪の束のほうを身ぶりで示した。「俺はなにか飲み物を工面する」

「合点承知」

ジョルディーノは枯木を寄せ集め、暖炉の中に太めの枝でささえを作った。その上に枯木を乗せ小枝で周りを囲み、大きめの枝をそのそばに置いた。葉巻用に持ち歩いているライターのジッポを使って枯木に火を点《つ》け、炎が大きくなると慎重に太い枝を火に重ねた。二、三分も経つと、威勢よく火は燃えあがり小屋は暖まってきた。

ピットがその瓶と長椅子脇の別の空き瓶の二本を持って小屋の外の角へ出ていくと、雨水が屋根から降り注いでいた。彼は雨水の滝を利用して瓶をていねいに洗った。つぎに、雨水で瓶を満たして中へ戻り、ジョルディーノが熾《おこ》した火の真ん中に瓶をたてた。

「こいつら熱で割れて、俺様のとびきりの放火の腕前を台無しにするんじゃあるまいな？」ジョルディーノは訊いた。

「それはありうるが、かなり丈夫な造りだ。水が沸きはじめて少ししたら取りだせばいい」

彼らが数分見つめていると、ビンの中に大きな気泡が現れた。そこでジョルディーノは二本の枝切れを火箸《ひばし》代わりに使ってビンを脇に取りだし冷ました。

「お二人を見ていると」マーゴットが焚火《たきび》の隣に屈みこみながら言った。「私ってボーイスカウト二人と遭難したみたい」

ジョルディーノは砂地に手を伸ばした。「できれば、ハンモックづくりでメリット・バッジを頂戴したいところだ」

沸騰《ふっとう》した雨水が飲めるていどに冷めるころには、熱帯性暴風は思うさま猛威をふるっていた。その小さな島は台風の谷間と知られる地域の真ん中にあった。毎年、ほぼ二ダースの台風がマリアナ群島に近い開けた太平洋上で発生して、この地域を荒れ狂いながら通過する。今回の嵐は過去の水準からするとおとなしいほうだったが、風速一二〇メートルに達し台風に転じた。

風はうなりをたてて小屋を吹きぬけ、焚火の灰を巻きあげた。しかし、建物の造りはしっかりしていてなんとか嵐を凌《しの》ぎ、水はほとんど入ってこなかった。中に籠《こも》っている者たちは嵐が過ぎ去るのを待つしかなかったが、それは彼らにとってはよい機会だった。試練にさらされて疲れきっていたので、彼らは焚火の近くに身体を伸ばした。衣服がすっかり乾くと、彼らは荒れ狂う夜を寝て過ごした。

マーゴットが朝目を覚ますと、ジョルディーノが焚火を掻《か》きまわしていた。

「死んだみたいに」ジョルディーノは彼女が身体をよじるのを見ながら訊いた。「よく眠れた?」

ジョルディーノは彼女は小屋を見わたした。「ダークはどこなの?」彼女はピットが周りにいないことに気づいて訊いた。

「なにか食えるものがないか、漁《あさ》りに出かけている」彼はマーゴットにウインクした。「君があまりお腹《なか》をすかしていなければ良いのだが」

しばらくすると、ピットがマンゴー数個と、大きくて薄緑色でグレープフルーツの形をした物を一つ持って現れた。

「朝食が整ったぞ」彼は声を掛けた。「まだ餓死するわけにはいかない」

彼は小屋のフィッシュナイフを手にとり、ジョルディーノが熾した火に刃を潜らせマンゴーを切り分けた。

「よく熟《う》れているわ」マーゴットが一口かじって言った。

ピットは入口のほうに向かってうなずいた。「角を曲がったらすぐ、たわわに実をつけた木が一本ある」

彼女は緑色の果物に目を向けた。「そこに持っているのは何かしら」

「パンの木の実。木の少し高い所になっている。一つ味見してやろうと思ったので」

「生で食べてもだいじょうぶなのかしら？」

「熟していれば。これは念のため調理する」

ピットはパンの実をぶつ切りにして、マシュマロのように棒に刺して焼いた。マーゴットは最初の一つを試食した。「ちょっとポテトに似た味がするわ」

「たしかパンの実じゃなかったか？　バウンティ号で反乱を起こされた後にブライ船長が探しまわったのは」ジョルディーノが訊いた。

「そうとも」ピットは笑い声をたてながら言った。「しかし、まるで見当がつかなかった」

手早く焼きあげると、ピットは小屋の入口から外を覗いた。「雨脚がここしばらく弱まっているようなので、島の頂に上って一巡り眺めてみたいと思う」彼はマーゴットのほうを向いた。「一緒に行きますか？」

「ぜひ。足腰を伸ばすためにも」

「君たちが自然鑑賞をしている間に」ジョルディーノが言った。「こっちはスティングレイ艇の被害を一通り調べるとする」

ピットとマーゴットは海辺沿いに南の入江の端へ向かった。そこでは砂地に黒い石が取って代わっていた。岩棚沿いに水際を進んでいくと勾配《こうばい》はじょじょに上りになり、しまいにはちょっとした絶壁になった。二人は眼下の岩に砕ける波を眺めた。やがてピットは視線を上に向けた。

その断崖《だんがい》から島の頂が見えた。ピットは断崖の上を歩いて行き、やがてマーゴットの先に立って背丈を越えるジャングルの中へ分け入った。島の西半分は熱帯植物が密生していて、ピットは蛇行しながら繁みを進み、じょじょに斜面を登っていった。

「ずっと上りだって言わなかったわね」マーゴットは竹藪の横で立ちどまり一息入れた。

「頂上までそう遠くはない」とピットは応じた。

彼らはさらに数分歩き続け、やがて密生したジャングルを抜け出た。ピットは南に向きを変えた。その一帯は木立がまばらで、低い灌木や雑草へ変わっていた。二人は頂から一〇〇メートルという付近まで登った。傾斜はきつくなり草は薄れていた。その露出した地帯を紅《あか》い粘土の回廊が突き抜けていて、その一帯は激しい雨のために滑りやすくぬかるんでいた。

彼らは慎重に斜面を登ったが、時おりスリップするのは避けがたく、赤い粘土で衣服を汚した。ピットは何本か倒木が横たわっている岩棚へ向かった。滑りやすい地面から抜け出たので、彼らは一休みした。

「下りには、もっときれいな道を選ぶとしよう」ピットはズボンの泥をぬぐいながら言った。

マーゴットは自分たちの汚れた服を見て、声をたてて笑った。「アルが私たちを小屋に入れてくれるといいけど」

そこから島の頂上の円丘までは短い登りで、二人はなにものにも遮られない島の眺望に恵まれた。雨は弱まっていたが、頂では風が吹き荒れていて、たちまちマーゴットが震えだしたので彼らは仮の宿を探した。外洋の波が怒濤《どとう》となって東の海岸を襲っていた。島の東半分のほとんどは急峻《きゅうしゅん》な不毛の斜面で、鋭く海へ落ちこんでいた。しかし、西半分は卓越風から護られていて、熱帯植物で緑豊かだった。

ピットは島の周辺を観察し、上陸可能な場所はただ一か所しかないと結論づけた。それはすでに彼らが見つけた小さな入江だった。周りを囲まれた円形の水域を見下ろしているうちに、ピットは潜水艇とその横で仕事をしているジョルディーノを見届けることができた。

「ダーク、こっち」

マーゴットは風に髪をかき乱されながら、南東を向いて腕で海を指した。

島の彼方《かなた》の空と海は依然として灰色に荒れ狂っていた。黒い雷雲が東から逆巻きながら果てもなく流れこみ、海のそこここにスコールを叩きつけていた。強風は海をむち打ち、長い鉛色のうねりが島に打ち寄せていた。

しかし沖合に、マーゴットの指先の向こうに、ピットはなにか別の物に気づいた。小さな船で島に向かっていた。

それも灰色をしていた。

38

小型の民間機は水晶さながらに澄んだ青空を抜けて降下した。両翼をふって水平に保ち、同機はシッキム州に最近建てられたパキョン空港の長い滑走路に降着した。ダークは最初に機体を離れて滑走路に立ち、爽《さわ》やかな山の空気の中で左右の腕を伸ばしてストレッチをした。サマーとノルサンは数歩遅れて機外に出た。チベットの警護隊員二人が彼らの後から続いた。ダークとサマーは彼らの母音の多い名前を上手く発音できないので、背の高いほうをタッシユ、もう一人をアーリエと呼ぶことにした。

サマーは空港を囲んでいる高い緑の山脈《やまなみ》を見つめた。「雪がまったく見あたらないわ。私たち寒さを避けられそう」

「そんなの当てにしないほうがいい」ダークが言った。「衛星写真を見たんだが、われわれが向かうもっと高い山々には、白いものがどっさり積もっている」

彼らはニューデリーから東へほぼ一一〇〇キロのシッキム州へ旅してきた。シッキムはインドの北東にほど近い一画で、ヒマラヤ山脈に突出している指状地《しじょうち》であり、西側をネパール、東をブータンに、さらに北と北東をチベットに囲まれている。シッキムの三分の一以上が国立公園で、その峰々には世界の三大高峰が含まれているし、そこはヒマラヤ山脈の中でももっとも険しく隔絶されたものに数えられている。

「道具を集めるとしよう」ノルサンが声を掛けた。「車を一台、待機させておくのだった」

ダークとサマーはニューデリーで飛び立つ前に、急いでブーツ、ジャケット、それにキャンピング用具を買い求めた。ハイアラム・イェーガーがNUMAの本部から送ってくれた衛星写真を検討して、ダークはダイビングショップに立ち寄ることも主張した。それぞれに大きなバックパックを荷台から取りもどしている時に、サマーはチベットの三人が荷物の中のグロック・ピストルが無事着いたかすぐさま確認したことに気づいた。

ターミナルに入ると、彼らはレンタカーのカウンターの髭面《ひげづら》の男に近づいていった。彼はノルサンの旅券を点検し、一行の旅行の予定について質問した。

「われわれはカンチェンジュンガ国立公園をトレッキングしたいんです」ノルサンは答えた。

「許可を得ていますか？　北シッキムでは必要だ。とても厳しい条件がついている」ノルサンは自分たちの許可書を示した。それは中央チベット政権の協力があって、ニューデリーで得たものだった。

男はバンのキーをノルサンにわたし、駐車区画のほうを指さした。「道路で土砂崩れが起こりうるので気をつけて」一行が建物を出ていってしまうと彼は携帯電話を取りだし、彼らを小さな窓越しに見つめながら電話を掛けた。

訪問客たちが持ち物をがたがたの白いタタ・バンに積みおわると、ノルサンがハンドルを握った。彼らは南へ車を飛ばし、曲がりくねりながら谷間を数度通り抜け、一つ傾斜を上ってガントク市へ向かった。丘の頂に建てられたシッキム州の州都は、十九世紀にはラサとカルカッタを結ぶ交易路のハブだった。最近では、ガントク市はエコツーリズムの基地になったのに加えて、チベットに通じる近くの山道が二〇〇六年に交易用に再開されてからは通商センターとして成長を続けていた。

彼らは菜食主義レストランで昼食をすませてから、食料品店を見つけて一週間分の食品と水を買いもとめた。バンに商品をびっしり詰めこみながら、サマーは訊いた。

「私たちが行くところには、ラバの群れがいるのかしら？」

「いいえ」ノルサンが答えた。「しかし運がよければ、何頭かヤクを見られるかも」

彼らはガントク市の文明圏と温暖な気候を後にして北へ向かい、ヒマラヤ山脈本体に分け入っていった。登るにつれて、豊かな緑濃い草木が高山の荒地と化した。間もなく気温は下がり、雪を頂く山脈《やまなみ》が彼らのルートを縁取った。彼らの西にはカンチェンジュンガ山群がそびえ立ち、三四〇〇メートルを超す巨峰がしばしば彼らの視界一杯に広がった。

蛇行する谷間を進むにつれて、山腹は険しさを増していった。道は粗く狭く、レンタカー店の主《あるじ》が注意した通り、土砂崩れが散発していた。北シッキムは不安定な地理と頻発する地震活動が重なっている危険な地帯だった。それにモンスーンの激しい雨が加わると、地滑りがさまざまな場所で頻発する。ノルサンはかつて地滑りで生じた土砂の小山を何度も這いずるように登るのを余儀《よぎ》なくされた。数度、バンが進めるように彼らは立ちどまって、道を塞《ふさ》いでいる石を除けなければならなかった。

夕闇《ゆうやみ》が迫ってきたので、ラチェンという小さな町を流れる二筋の川の合流点で彼らは脚を休めた。

「今夜はここに留まります」ノルサンは伝えた。「本道は東へ向かっているが、われわれはこのまま北へ進まねばならない。この先では、食事や宿のえり好みはできそうにないようです」

「いい感じだわ」サマーは小さいが彩り豊かな山中の町を眺めた。「柔らかいベッドのほうがいいわ、キャンプ・ロールマットより」

「よい機会にもなるでしょう」ノルサンが言った。「高地に順応するためにも」

彼らは小さなロッジを見つけ、部屋を五つ借りた。サマーはバックパックを運びあげる途中で息を整えようとしたはずみに、あやうく階段の手すりに倒れこみそうになった。

「ようこそ高度二七〇〇メートルの高地に」ダークが自分も喘ぎながら言った。

踊り場に立っていたノルサンは、息切れをしている二人を見ると身体を二つに折って声を出して笑った。大勢のチベット人と同様に、彼は毎日くり返されるほかの人たちの苦闘ぶりにユーモラスな親しみやすさをおぼえた。

一行は夕食を取るためにロッジのレストランにまた集まった。タッシュとアーリエは奥のテーブルの席に着き、ダーク、サマー、それにノルサンは入口の近くに座った。温かいシッキム茶が出され、彼らはインドとネパールのミックス菜食料理を頼んだ。

「ビールを飲《や》らないの、ロードトリップの後なのに？」サマーはダークがお茶しか注文しなかったので訊いた。

「辛《つら》い思いをして、高度とアルコールは相性が悪いと悟ったんだ」彼はテルライドへのスキー旅行でかかった高山病を思いだしながら言った。

前菜としてモモと呼ばれるネパールの小籠包《シヨウロンポウ》が出されてから、ノルサンが探索計画について訊ねた。ダークは部屋から持ってきていた衛星画像を取りだし、それをテーブルの上にひろげた。

「これはマクロード・ガンジを発《た》つ直前に受け取ったものです」彼は知らせた。「われわれはNUMAのコンピューターの専門家に、ラムが私たちに話してくれた情報と利用可能なCIAの記録に基づき探索格子を割り出してもらいました」

ノルサンは画像を見つめた。衛星写真は長い谷間を映しだしていた。それは頁の下から伸び出していて、東西の側面を高い峰の連なりに囲まれていた。その渓谷は高い雪を頂く山塊《さんかい》で途切れていて、山脈は頁《かしら》の上三分の一に広がっていた。明るい黄色い線と四角い囲みが、辺りの数か所に書きこまれてあった。

「はっきり言って、ここはどこなんだろう?」ノルサンは訊いた。

「ここからそう遠くはありません。ラムは私たちに、自分はまずラカモという場所のとある家へ運んでいかれ、それからダムブンという村で回復したと話してくれた。ラカモという名前はわれわれにはお手上げだ、もはや存在しないようなので。しかし、ハイアラム・イェーガーは、われらのコンピューターの専門家なんですが、古い地図でその場所を突きとめることができたし、それをここにある衛星画像上に転記してくれました」ダークは下の端近くにある黄色い丸を指さした。

「よくご覧になれば」サマーが話しかけた。「古い家、あるいはなにかの建物の跡らしきものが見えるはずです」

ノルサンは写真を細かく観察しうなずいた。「ええ。見えます。隣には開けた場所がある。おそらく牧草地でしょう。ラムはわれわれに言った、商人たちが彼を谷間から牧夫の家まで運んでくれたと。たぶんそこには一時期ヤクがいたはずだ」

「これがきっと問題の谷間だ」ダークは写真の中央を伸びあがっている黄色い点線を指でなぞっていった。「ここを通らない限り、彼をラカモへは運んでいけないはずだ。まず間違いなく、彼はこの谷合の北の外れの山中で発見されたものと思われる」

渓谷は北へ伸び、東のほうへ少し曲がってから箱形の渓谷で終わっていた。いくつかの峰からなる高い山脈が渓谷を塞ぎ、ほぼ南西から北東へ伸びていた。長い氷河がその山脈の北と南の両側から流れ出ていて、小さな緑色の湖が高い数か所に点在していた。辺り一帯は荒涼としていて人を拒んでいた。

「この二つの山はなんというのだろう?」ノルサンが画面の上部を支配している一対の大きな峰を指さした。

ダークは首をふった。「地元の呼び名は見つからなかった。自然保護区の一部でかなり遠い。西側を地元ではヤムタン渓谷と呼んでいる。東側はチベットの国境。この辺りには道路もこれといった活動もまったくない」

「ええ、ヒマラヤ山脈には七〇〇〇メートル級の峰が五〇以上もあるので」ノルサンが言った。「それより低い山ぜんぶに名前をつけるのは不可能だ。しかし、これは喜ばしい兆候だ。われわれの探し求めている物がいまもって荒らされていない可能性がある。問題の飛行機はどこに墜落したとお考えです？」

「これから先は判じ物です」ダークは答えた。「われわれはラムが山脈からどれくらい移動したのか、あるいはそれがどの山だったのか、本当のところを知りません。彼は数時間這いずったし、そこは下り坂だった。二キロ、それとも三キロ？　あるいはもっと遠くまで？」

「ラムはすこぶるタフな人です。あのような状況下における彼の能力に、疑問をさしはさむつもりはありません」

「それは私たちの一次捜索格子にとって朗報です。コンピューターにはあの航空機の推定されるラサとダージリン間の航路が入力されています。それに、おおよその気象状況も」

「ハイアラムは飛行機の最終地点を割りだしたの？」サマーは訊いた。

「チベットのゲリラはこの界隈《かいわい》でもっぱら活動している。彼はＣＩＡ所有の航空会社、民間航空輸送がチベットを支援しながら、ダージリンから定期便を出していた証拠を見つけた。それに加えて、一九五九年の三月にダージリンを発って消息を絶ったＣ‐47に関する資料を見つけたので、なんらかの繋がりがあると彼は考えている。ハイアラムはエンジンの故障と悪天候を墜落の原因と想定して、コンピューター・シミュレーションにかけてみたんだ」

「どうしてそんなことがコンピューターに分かるのだろう？」ノルサンが訊いた。

「第二次世界大戦の経験にもとづく推測です」ダークは答えた。「信じがたいことに、大戦中に中国を空から支援するためのザ・ハンプ越えで、六百余りの輸送機が失われています。Ｃ‐46やＣ‐47はヒマラヤ山脈上空の吹き荒れる風や着氷、さらには装置の故障に苦しめられた」

「六百機！　それは大変」サマーが言った。「どうやって、これが正しい機体だって見わけるの？」

「通常の支援ルートはずっと東寄りだったので、その点は心配無用だ」ダークは衛星画像のほうを向いた。「このコンピューター・シミュレーションは、問題の航空機がは箱形渓谷の正面奥にある双峰のどちらかの北壁に衝突したことを示唆している」彼はそれぞれの山の頂に近い北斜面に書きこまれた、黄色い二つの四角い囲みをさし示した。「南西のあの山のほうが高いので、あそこから探索をはじめるほうがよさそうだ」

「それは合点がいく」ノルサンが言った。「この黄色いほかの囲いはなんです？」彼は二つの峰の北側にある六つの囲みを指さした。

「ここも捜したほうがいいという追加の探索格子、のようです。事実、航空機はこの範囲のどこにでも墜落した可能性があるようです」

「わたし雪靴を持ってこなかったわ」サマーは山脈の頂に点在する白い斑点《はんてん》を眺めながら言った。

「もう一つリスクがある」ダークが言った。「機体の残骸が雪に埋もれている恐れがたぶんにあるし、その場合われわれがそれを発見することはほぼ絶望的となる。ただ今のところ、雪をかぶっているのは峰の上部だけだが」

「大雪が今年の秋はまだ降っていないらしい」ノルサンが言った。「肝心の高度の地表は開けているようだ。どこから捜索を始めたものでしょう？」

「この最初の二つの囲みに、もっとも可能性があります。ただし、どちらもいちばん高い場所にあるので、そこに至るには険しい登山になることでしょう。今夜、ハイアラム・イェーガーがさらにいくつかのシナリオを検討して、残っている探索区域の優先順位を割り出すことになっています。夕食後に改めて、彼に確認するのがいちばんよいでしょう。まだインターネットと接続している間に」

ダークは写真を脇に寄せた。彼らの食事がテーブルに運ばれてきたのだ。彼らはヌードルスープからはじめ、ヒラマメの野菜カレーへ移った。ダークは寛《くつろ》ぎながら竹製のマグで出されるホットビール、トンバを味見した。

みんなが空腹を満たし皿が片づけられると、ダークはイェーガーからの新しいe-メールを確かめるために席を外した。デザートに、ノルサンとサマーはインドで人気の甘味を加えた発酵ヨーグルト、ラッシーを頼んだ。

「ヒマラヤへは今度が初めてですか?」ノルサンが訊いた。

「そうです。私は山にはあまり縁がないほうなので。ダークと私はハワイ育ちで、人生の大半を海辺で過ごしてきました」

「私は海へ行ってみたいとずっと憧《あこが》れてきました」ノルサンは言った。「ところで山脈は偉大な意義を秘めています。これからの登山中に、山の美しさを堪能し、啓示をえてくれればと思っています」

「ヒマラヤ山脈はチベット人にとって聖なる場所なのでしょう?」

「あらゆる仏教徒にとって」彼は言った。「数多くの神や女神が峰々に住んでいると信じられています。しかし、悪霊や悪鬼も住んでいます。例えばニエンは悪魔で、山脈中を徘徊《はいかい》している。ほかにもさまざまな生霊が湖や川に住みついている」

「水中にも？」

「ええ。事実、どの湖にも、竜が住んでいると言われています」

「私たちに害をなすかしら？」

「侵入者なら怪我や疫病に見舞われるかもしれないが、彼らもハワイ出身の美しい若い女性に危害を加えたりするものですか」彼は微笑んだ。

「しかし、あなたは生霊を敬っているのでしょう？」

「私は他人を怒らせることは決して賢いこととは思っておりません、この世であれ来世においてであれ」

サマーはこの男性に興味をひかれた。大半の仏教徒と同じように、彼は常に冷静で品のよいユーモアを備えていた。強い自尊心を持っており、そこに彼女は惹《ひ》かれた。

「ずっと気になっていたのですが」彼女は言った。「あなたは信仰心と、兵器を持ち歩いて任務のために暴力行為に及ばねばならない恐れに、どう折り合いをつけているのかしら？」

「それは人によっては、むずかしい問題です」彼は言った。「しかし、ダライ・ラマはわれわれの信仰心の象徴です。こと私の場合、われわれの信仰を護ることがほかのあらゆる矛盾に優先します」

「いつもダラムサラに住んでいるのですか?」

「ええ、インド陸軍で兵役についているとき以外は。私の祖父母は中国による占領が行われた一九五〇年代に、チベットから脱出しました。彼らは着の身着のままで冬に山越えをし、ダラムサラに住みつきました。私の父はハイキングが好きで、われわれは近くの山で何度も一緒にトレッキングしたものです。チベットには聖なる山が四座あり、われわれはいつも訪れたいと思っていますが、それは叶《かな》わぬ夢です」

「どうしてもチベットには行けないのですか?」

「行けません、現状では」日ごろ明るい彼の表情が硬くなり、サマーは彼の目に悲しみの色を見てとれた。彼はサマーの眼差《まなざ》しに気づき微笑み返した。

「私はハワイへ行ったこともありません」彼は言った。「いつの日か、あなたがあの地を案内してくれ、フラダンスを教えてくれることがあるといいですね」

サマーは彼の手に触れ、声をたてて笑った。「この山の中にいる間、生霊たちから私たちを守ってやると約束してくれるなら、私も約束してもいいわ」

39

「こいつは凄《すご》いぞ」ピットは遠くの船を見つめながら言った。「救助の手がすでにわれわれに向かっているじゃないか」

マーゴットは彼の腕をつかみ強く握りしめた。「あれはあの指揮官の船だわ。彼らは私たちを救うために、ここへ向かっているのではなくて」彼女は不安げに言った。「私を殺しに来ているのよ」

ピットは改めて灰色の支援船を見直した。あれはマーゴットをヘリコプターからメルボルン号に下ろしたときに、その脇に横づけになっていた支援船だ。

彼はマーゴットのほうを向いた。彼らはどうやら潜水艇を探しているようだった。

「なぜ彼らは荒海と戦ってまで、あなたを探しにくるんです?」

「彼らは私が居なくなったことに気づき、船から脱出したと正しく見抜いた。彼らがあなたの乗組員たちを殺すのを私が目撃した、とおそらく気づいたのでしょう」

「ほかになにか理由は?」

マーゴットは足許を見つめた。「メルボルン号です。彼らはきっとあの船の本当の能力を発見したのです。彼らはすでに一度、父を拷問《ごうもん》にかけていますし、私が行方不明になった後にもまたやったはずです」ピットを見あげた彼女の顔を涙が流れ落ちた。

「どんな種類の能力です?」

「海底音波空洞現象です」彼女は涙をぬぐった。「偶然発見されたのですが。父は多周波音波――ソノリシス(超音波)とか呼ばれるものを海底で実験していたんです。探鉱目的で溶岩や多孔質の堆積《たいせき》層を破断するためです」

「噴水頭に達するために」

「その通りです。ダイヤモンド採鉱のためです。音波の応用は、水面下の水分をふくむ溶岩帯の小さなポケットの空洞化現象をもたらします。空洞化現象は水中ポケット内に気泡を生じさせ、気泡は猛烈な勢いで拡大して、溶岩をバラバラに吹き飛ばす。そこで私たちは溶岩洞キャップの下に入りこみダイヤモンドがあるかどうか判断することができる。

私の父がこの仕組みのテストをはじめた時点では、海底での結果はほどほどでしたが、驚異的な副作用が見つかりました」

「彼は水中の潮流を変えて津波を起こせる」

「どうして知っているんです？」

「NUMAは音響重力波を利用して、津波の弱体化ないしは方向を転換するいろいろな方法を長年研究しているんです。われわれは謎《なぞ》を解いたには程遠いのですが、あなたの父上は別の方法を探り当てたようだ」

「まだ十分ではないけど。私たちはそれをプロジェクト・ウォーターフォールと呼んでいますが、即座に波を物理的に発生させることはできません。ですが条件の揃った地勢では空洞化現象によって、水中の潮流の向きを変えたり強めたりすることができます、強烈な波動力を潜在的に作りだせます。とりわけルソン海峡やその周辺のような場所では。あの辺りは強烈な深海流が通っていますので」

「船乗りたちはあの海域を悪魔の海と呼んでいる」ピットは言った。「そうすると、その装置は表面波も起こせるんだな？」

マーゴットはしぶしぶうなずいた。「それが最近の調査とテストのメインテーマです。父は台湾政府と契約を結んで、その技術の開発にあたっています。父はその追究を望んでいませんでしたが、総括的な契約ですし、最終目的に価値はあると考えた。契約によってメルボルン号の建造費は出せましたし、台湾政府はその領海における鉱山権を父親と配分協定をしたうえで開放しました。父は根っからの山師《やまし》なのです。彼が本当にやりたいことはそれに尽きているんです」

「台湾？　彼らはあの技術で何を企んでいるのだろう？」

マーゴットは靴の先で土の上に半円を描いた。「彼らは言うなれば海の壁を作りたいのです。あの島の西周辺の重要な地域の海底に遠隔装置を固定して、それを作動させる。防衛目的に」

「ある種の津波防衛？」

マーゴットはうなずいた。「中国本土が万一、水陸両面から攻撃を加えた際に。それによって台湾は、襲来する艦隊を海岸に達する前に一掃できる」

「可能なのですか？」

「私の父とこの開発に参加している台湾の技術者たちは、そう考えています。ルソン海峡の荒波は台湾海峡まで伸びています。この技術が完成し正しい場所に配置されるなら、おおいに可能です」

「すると、アパリを襲いあなたの調査船を沈めた荒波は自然のむらっけではなかった」

「遺憾《いかん》ながら、そうです。中国のコマンド隊員たちはテスト中に船へ乗りこんできて、操作を妨害した。装置の変換機は一定の時間作動して多重波を作り続けています。私自身は装置をテストする別の場所を探していたのですが、その折に母船が襲われた」

「私はあなたが従来のソナーを引きずっていないことに気づいた」ピットは言った。

「コマンドたちは装置を理解していたんですか?」

マーゴットは肩をすくめた。「父は言っています、彼らは乗船してきた時点では装置については無知だったし、船を乗っ取ったのは水中探査のためだったようだと。単にダイヤモンドを求めていたのでしょうが、いまとなっては彼らも船の備えている能力を知ったのではないかと案じています」

「私は彼らが追い求めているものを知っている」ピットは墜落した超音速ミサイルについて説明し、身振りで近づいてくる船のほうを示した。「おそらく彼らはアルと私を探しているのでしょう。あなたではなく」

「船橋で目撃した状況から考えると、私にもそう思えます。彼らは北の海域でなにかを探しているようでした。いずれにせよ、私たちみんなに危険が迫っているわ」

「おそらく、われわれだけでなくもっと多くの者にね」ピットは波の上を弾んでいる船に目を凝らした。「私はアルのところへ戻らねばならない。あなたはこの高台に留まるほうがよさそうだ」

彼は頂の北西を指さした。そこは木立に覆われた隆起部で、上りの草の斜面へ繋《つな》がっていた。「あの林へ向かい、岩の間に隠れているといい。アルか私が迎えに来るまでじっと潜んでいるように」

マーゴットは自分が一人残されるのは嬉《うれ》しくなかったが、危険が迫っていることは重々理解できた。「そうします。あなたもお気をつけて」彼女は樹木限界線めざして走り、数個の岩石の間にしゃがみこんだ。

ピットは反対側を向き斜面を駆けくだった。滑りやすい粘土を避けるために、いったん北へ向きを変えてから下りだした。藪の中に少し入ってから細い流れに気づいたので、それを道代わりにして山をおりていった。

地面はまだ滑りやすく、ピットは数度足をすくわれた。彼の移動は密生した竹藪に出くわしたために遅くなった。背の高いタケノコの間を縫うように通り抜けると、下生えが密生している急な傾斜を苦労して進んだ。川床は藪の中の切り通しと海への眺望をもたらしてくれた。水を跳ね散らしながら狭い水路を下っていくうちに、水路は入江の縁で細々と海へ流れこんでいた。

ジョルディーノは腰まで水に浸かって立ち、潜水艇のスラスターの補修をしていた。そこへピットは駆けよった。

ジョルディーノはピットの汚れた服に目を留めた。「俺は泥んこレスリング大会に招待されなかったのか?」

「君は確かに見事なテイクダウンを二度見損ねた」ピットは言った。「二人で山頂に行く途中でまずい状況に気づいたんだ。メルボルン号から発進した武装集団は、われわれを見つけたら喜ばないだろう」

「彼らはどうやって、俺たちをここまでたどったんだろう?」

「分からん。彼らがマーゴットを探している可能性もある」

「彼女は無事なのか?」

「ああ、高い場所に置いてきた」彼は潜水艇のほうを向いた。「ロケットのモーターは放棄せざるを得ない。油圧アームを起こすだけの電気がありそうか?」

「息を止めてひと潜りしているあいだに、突き止めてやるよ」

ジョルディーノは潜水艇に乗りこみ副操縦手の席に坐った。自分自身の忠告に従って彼は息を止め、マニピュレーターのスイッチを入れた。驚いたことに、アームはなんの抵抗もなく持ちあがり、その鋼鉄製の手はつかんでいたロケットのモーターを放した。アームを三〇から六〇センチほど脇にふったところで、電源切れでアームは止まってしまった。

「今日のところはこれ以上、奇跡を求めないでくれ」彼はハッチから出ながら言った。「奇跡は無用、いくばくかの筋力だけで十分」ピットは水中に立ちこみ、ロケットのモーターに片手を載せた。

彼は力持ちの友だちが加わるのを待って、ロケットの部品を潜水艇のスキッドから引きずり下ろそうとした。その装置の重さは三〇キロほどあったが、彼らは一緒に唸《うな》りながら一度に三〇ないし六〇センチ引っ張ることができた。

いったんそれを潜水艇から取りのぞくと、海底が固くしまった砂地なので、その装置をあとは引きずって行けることに気づいた。スティングレイ艇に平行に歩いて彼らは装置を六メートルほど引き離した。つぎに彼らは水中に潜り、それをできるだけ深い場所まで引っ張っていった。それから水面に浮上すると今度は潜水艇めざして泳ぎ、艇の上に乗って自分たちの手際を確認した。彼らがロケットを隠した入江は波だっているうえに深いので、人目につかなかった。

「やったぜ、星条旗のために」ジョルディーノは目から海水をぬぐいながら言った。

二人は水を掻きわけて岸に上がると、浜辺を過ぎって小屋へ向かい、ピットはフィッシュナイフを回収した。

ジョルディーノは差し掛け小屋の板壁の隙間《すきま》から覗いた。「お友だちが着いたぞ」

灰色のクルーボートが入江の南の入口のすぐ先の沖合に見えた。そのボートは少し逡巡《しゅんじゅん》してから針路を変えて加速し、磯波を縫って入江に突入した。

ピットとジョルディーノは藪の中に駆けこみ、斜面を少し上ったところでピットが急に南へ向きを変えた。

「近道か？」ジョルディーノは訊いた。

「いや、しかし歩きやすいし視界も利く」

ピットが先に立って横へ移動するうちに、二人は小川が流れている険しい渓谷に出た。少し流れを上ると、彼は樹冠の中の開けた場所にたどり着いた。さらに数メートル進むと、水音高い流れの真ん中にある大きな岩石の群の陰に屈みこんだ。

ジョルディーノは彼の後を追った。川床をよく見ると、蛇行しながら島の頂へまで伸びている。「すてきなちょいとした階段だ、山を上り下りしている」

「もっと早く見つければよかったんだが」ピットは応じた。「麓では、藪に隠されている」

彼らは狭い開口部を見下ろした。それは岸辺のすぐ手前で、木立と植生の壁に呑《の》みこまれていた。右手には、灰色の船をはっきり視認できた。入江に入り、ＮＵＭＡの潜水艇の隣に乗りあげようとしていた。

40

船が岸に接地する前に、ニンは無線でメルボルン号のゼンに呼びかけた。

「NUMAの潜水艇ですが」彼は驚きを押さえかねた。「この小さな島にいます」

「操縦者たちは生きているのか？」

「分かりません。これから調べます」

「生け捕りにするのだ、できれば」ゼンは命じた。「彼らが回収した物を知りたいので」

船はスティングレイ艇の隣の砂地に乗りあげた。四人からなるコマンド隊は警備態勢を敷いて両方の船を取りかこんだ。ニンはピストルを抜き、水を掻き分けて潜水艇に近づいていった。

彼は外部を観察し、塗料が引っ掻かれ、照明装置やスラスターが傷んでいるのを確認すると、ハッチに入っていった。中に人気《ひとけ》はなかったので、彼は出てきて海中に飛びおり、艇首の空のメッシュのバスケットを細かく調べあげた。潜水艇の回りの水中をざっと見まわすと、隊員たちに加わった。

「隊長、木立の中に建物があります」隊員の一人が漁師小屋のほうを指さした。

ニンはうなずいたが、砂に記された二組の足跡を目に留めると躊躇《ちゆうちよ》した。足跡は砂浜を横切って入江の南のはずれへと向かっていた。彼は隊員の一人を伴って小屋へ向かったが、水のビン数本と新鮮な果物の皮がいくつかあるだけで誰もいなかった。ニンは屈みこんで、暖炉の上に両手をかざした。「まだ温かい。彼らはつい先ほどまでここにいたんだ」

彼は海辺へ歩いて戻ると、島の剝き出しの頂を見あげて隊員を招集した。

「この島の風上は不毛地帯だ。隠れる場所がないので、したがって彼らはわれわれの頭上のジャングルにいるものと思われる」彼は入江の南端を指さした。「二名はこの二つの足跡を南へできるかぎり追っていって、そこからジャングルの縁に沿って登り頂を目指せ」

彼は向きを変えて別の方向を指さした。「残る者たちは小屋の五〇メートルまで移動して、そこから登りはじめる。頂上で双方落ち合い、入江の中心部にいるわれわれの頭上から下りてこい。生け捕りにするように」

「武装していたらどうしましょう？」隊員の一人が訊いた。

「降伏しない場合は」ニンは答えた。「射殺せよ」

41

　ピットとジョルディーノは海辺に下りたつ武装兵士を数えた。五名だった。小屋の周辺から姿を消したコマンド隊員二名がまた現れ、ピットとマーゴットの足跡を南へ向かって追いはじめた。

　ジョルディーノは岩石越しに首を伸ばした。「ほかの三人がどこへ行ったのか分からん」

「彼らがほかの方向へ行ったなら、登るしかない。となると、われわれは彼らの船に罠《わな》を仕掛けるうえで、格好な場所にいることになる」

　ジョルディーノはうなずいた。「誰も船に残った気配はない」

「マーゴットを探しに行こう」ピットは言った。「それも、走って」

　彼らは狭い谷間を息継ぎにちょっと止まっただけで駆け上った。樹木限界線を越えると、ピットは北へ向きを変え、頂の麓にある木立に覆われた丘に向かった。

マーゴットは彼らが近づいてくるのを岩中の隠れ場所で目にした。二人に手をふりながら一歩踏みだしたはずみで躓《つまず》き、彼女は激しく転んだ。すぐ起きないので、ピットとジョルディーノは彼女のところまで走り寄った。

「だいじょうぶです」彼女は二人に立たせてもらいながら言ったが、一歩踏みだしたとたんに崩れ落ちそうになった。「踝《くるぶし》が。なんとも申し訳ありません」

「心配は無用です」ジョルディーノは言った。「あなたには寄りかかれる肩が二つ揃っていますから」彼はマーゴットを立たせてやった。

「彼らは私たちを追っているのですか?」

「そうです、両側面から」ピットは答えた。「しかし、速く下れる道を見つけました。試しに、これから彼らの船に向かいます」

「隠れていたほうがよいのでは?」

「いいえ。彼らは私たちがここに居るのを知っている。いずれ私たちを必ず見つけます」

マーゴットは二人に腕を回した。彼らは彼女を支えながら開けた斜面を横切って南へ向かった。彼女は襲いかかる痛みを振りはらって左脚にいくらか体重を掛けてみたが、自力で歩くのは無理だった。

彼らは頂の麓の開けた場所をほぼ横切り、入江の突端部に近づきつつあった。ピットが急に立ちどまった。「しゃがめ」彼はささやいた。

彼らは浅い窪《くぼ》みに身を潜めた。彼らの右手には藪が四、五〇メートル伸びていて、その先は滑りやすい急な赤い粘土の広がりへ落ちこみ、さらに南へ下っていた。それはピットとマーゴットが先ほど登った斜面だった。彼らの足跡を追って、野原の半ばまで、突撃ライフルで武装したニンの部下のコマンド隊員二名が登ってきていた。

「彼らの動きは思っていたより早いな」

「お二人とも、私を置いて行ってください」マーゴットは言った。「私なら大丈夫です。彼らは私を殺しはしませんから」

ピットは彼女の訴えを無視し、ジョルディーノのほうを向いた。「彼女を藪の中へ連れていって、川床を進むといい。私は彼らの足取りを遅らせられるかやってみる。浜辺へ向かってくれ。追いつくようにするから」

ジョルディーノは躊躇しなかった。「悪いが、君、言い争っている時ではない」彼は片方の腕をマーゴットの身体の下にさしのべて、まるで縫いぐるみのように掬《すく》いあげた。彼は左右の太い脚を踊らせて猛然と藪を目指し、茂みの中に姿を消した。マーゴットには逆らう暇がなかった。

ピットは這いずって進むうちに細い突起部に出くわした。それはわずかながら身を潜ませる場所となってくれた。そこからだと、斜面をゆっくり上がってくるコマンド隊員二名を見張れた。滑りやすい泥と悪戦苦闘しているので、彼らが顔をあげることはほとんどなかった。

彼らの頭上の斜面は立ちあがって短い断崖になっていて、ピットとマーゴットはその枯れ木立の一本の木の脇で一息入れたのだった。ピットは自分たちが休んだ場所を見つめているうちに、長さ六〇センチほどの枯れ枝に目をつけた。

ピットは小さい突起部へ向かった。できることなら、頂にいったん上ってから枯れ木立を目隠しにして下りたかった。行動する時間は限られていたが、待つうちにやがて片方のコマンド隊員が足を滑らせて倒れた。ピットは立ちあがって高台を駆けのぼり、南へ向きを変えた。

湿った地面は滑りやすく、浮石を何度か転げ落としたが、彼は丘を下り続けようやく断崖に達した。

ピットは大きな岩の背後の地べたに飛びおりた。喘ぎながら、一瞬、若者の肺が欲しくなった。頂に二度上り、短い距離とはいえ走ってもいたので、息切れしてしまっていた。動悸が収まると、岩の脇から覗いてみた。

コマンド隊員たちに、彼を目撃した気配はなかった。彼らは依然として斜面を登り続けており、いまや隆起まで三〇メートル足らずのところまで迫っていた。

ピットは大きな倒木に這いずりよって、その陰に隠れた。仰向《あおむ》けになると倒木の側面を脚で押して、抵抗力を試してみた。倒木は湿った地面から離れ、端に近い一部を除いてひとりでに左右に揺れた。その根の一部は、まだ土の中に埋もれていた。彼は湿った土を掘ったが、根は深くて掘りおこせなかった。向きを変えて、こんどは根っこを蹴《け》った。幸い、湿った木の根は腐りかけていたので、強打を受けて砕けた。狙いさだめた数度のキックに、木の根はついに断ち切られた。

ピットは這いずって丸太の中央へもどり、丸太越しに最後にもう一度覗き見た。コマンド隊員たちは依然として斜面を悪戦苦闘しながら登っていて、最大の急斜面に近づきつつあった。ピットは両方の脚を倒木に添えて思いっきり押した。倒木は断崖を転げ落ちていった。

倒木は速度をあげて丘を転げ落ちていった。コマンド隊員の一人は倒木が迫ってくるのを目《ま》のあたりにし、叫びたてて危険を知らせた。彼は横に飛びのいて倒木を躱したが、そのとたんに足を滑らせた。彼は後向きに倒れこんで斜面を滑り落ちながら、ライフルを踵《かかと》に挟んだが泥まみれになった。

二番目の隊員は倒木を目撃して、躊躇したものの右側へ、つまり同僚の反対側へ飛びあがろうとした。だが思い通りにはいかなかった。

太い倒木は彼の左脚に転がりあがり、彼は瞬間的に押さえこまれてしまった。彼の膝の靭帯は、ボルチモア・レイブンズのラインマンにブラインドサイドを衝かれたように切れてしまった。彼は喘いだ。倒木の幹が彼の上を転がり、丘を下ってはるか下の藪の中へ突っこんでいった。

ピットは自分の仕掛けの成果を見届けるために留まったりせずに、頂へ駆けもどった。すくなくともコマンド隊員の一人はこっちを目撃したはずだと思ったので、彼は道筋を変えた。真っすぐ北へ走り、小川の源流の横を遠くまで駆け抜け、藪の中に身を潜めた。彼は立ちどまって息をつかずにはいられなかった。アカシアの木に一瞬寄りかかると、藪の中を逆走した。小川に着くと立ちどまり、風の音に耳を澄ました。

彼はコマンド隊員二人が遠くで話を交わしているのを聞きつけた。ピットの推測では、彼らはまだ泥地の斜面に、つい先ほどまで自分が動きまわっていた場所の近くに居るようだった。そうと分かって安心し、ピットは川床伝いに下りはじめた。

彼は一定のペースで息を整えながら下っていたが、左右の脚の痛みは無視した。耳を澄まして追跡者に注意を払い、マーゴットとジョルディーノの姿はないか前方に目を凝らした。一度、開けた場所で、二人をはるか下に垣間見たことがあった。彼らの進行速度から考えて、マーゴットは踝を傷めているのに頑張っているに違いなかった。ピットは丘を下った中腹で一休みするとペースをあげ、やがて以前にジョルディーノと一緒に立ちどまった狭い高台に着いた。すばやく海辺とクルーボートを見つめた。両方とも人気《ひとけ》がないようだった。ピットは小川を縫って下りつづけて、入江の前にある繁みへ向かった。

彼は繁みに身を潜めたまま海岸線を移動していくうちに、木の陰にしゃがみこんでいるマーゴットを見つけた。彼は這いずって近づき、彼女の隣に跪《ひざまず》いた。「変わりありませんか？」彼はささやいた。

彼女はピットが現れたので微笑んだ。「アルはついさっき、ボートを調べに駆けて行きました」彼女は藪の前方を指さした。ジョルディーノはボートと潜水艇の間の水中に立っていたが、やがて水を掻き分けて岸へあがり、彼らのほうへ駆けよった。

「灯《あか》りはついているが誰もいない」彼はピットがタイミングよく現れたことにまるで驚きを見せずに言った。

ピットはすばやく海辺の上下を見た。「よし、頂戴するとしよう」

彼とジョルディーノはマーゴットを起こしてやり、手を貸して海辺をそそくさと通りすぎた。彼女はまだ脚を引きずってはいたが、もう左脚に体重を掛けられるようになっていた。

彼らは水際に達し、水を跳ねちらしながらボートに向かった。ジョルディーノがいちばん先に着き、舷側《げんそく》に片手を伸ばして身体を引きあげボートに乗りこんだ。その最中に、重々しい銃声が彼らのすぐ前方で発生し、銃弾が数珠《じゅず》つなぎに海水を叩いた。彼らがいっせいに、数メートル先のNUMAの潜水艇のほうを向いた。ハッチに戦闘服姿の男がQCW‐05機関銃を抱えて立っていた。

「ミス・ソーントン」ニンは残酷な笑いを浮かべて呼びかけた。「また会えてなによりです。それに、あなたのお友だちにも会えて」

42

霜がラチュンの大地を覆っていた。白いバンが朝早くロッジの砂利《じゃり》敷きの駐車区画から出てきた。ノルサンは町の外れの果樹園の横を通りすぎ、蛇行しているラチュン川の北側の道を取った。八キロ先で、向きを変えて一段と細い道に乗り、川に懸かっているがたつく橋をわたった。

少し先で、彼らは小さなダムブン村に着いた。その村にラムはかつて長年住んでいたことがあった。ノルサンはインド陸軍の小さな駐屯地《ちゆうとんち》の脇を走りぬけた。ありがたいことに、検問所には誰もいなかった。さらに、点在する人家脇を走った。北側の狭い渓谷から勢いよく流れ下っている細い川に出ると、彼は車を道の端に停めてダークのほうを向いた。「ここですか?」

ダークは携帯用GPSで自分たちの位置を確かめた。「少し運動をするころあいだ」

彼らはバックパックを下ろし、食料を分担するとバンに別れを告げた。ノルサンは先に立って下生えを通り抜け、小川伝いに渓谷の中央を上っていった。サマーはわずか数歩登っただけで、荒い息をして立ちどまった。「これは」彼女は言った。「どうやら……大変な一日になりそう」

「心配無用……チベットのシロイワヤギに調子を合わせるといい」ダークは言った。

「ゆっくりやることだ」

サマーはうなずき、周りの美しさに浸《ひた》って辛さを忘れた。ホテルの支配人はこの地域はシッキムのスイスとして知られていると彼らに話していたし、サマーにはその理由が飲みこめた。鋭く険しい山脈が彼らの両側に屹立《きつりつ》していて、彼らが登ってきた狭い渓谷は晩秋なのに緑豊かだった。健気なシャクナゲがいまもモミや松の木立の中に咲いていた。

季候は澄みわたり穏やかで、空気はからりと爽やかだった。ここほど息を切らしながらのトレッキングに相応《ふさわ》しい場所はめったにない、とサマーは決めこんだ。兄をちらっと見ると、バックパックのほかにかさばるダッフルバッグを運んでいた。それをパックの上に載せているので、彼の頭の上に突き出ていた。いかにも重そうなので、私に文句を言う資格はないとサマーは思いさだめた。

彼らは小川沿いの古い細道の跡をたどって、長い谷合を着実に上っていった。渓谷のはずれで高い山脈の姿をはじめて目のあたりにすると、チベット人三人は地面にひれ伏した。ダークとサマーは仏教徒たちが仏に祈りをささげる間、まことにありがたく休ませてもらった。

彼らは間もなく登山道に取って返した。ガード役のチベット人二人は高い高度に慣れていたので、じょじょにほかの者たちの先頭に立った。ノルサンは二人から後退したがダークやサマーの視野内に留まっていたし、二人は一定の歩調で後からついていった。

サマーは兄を呼びとめた。「あれ聞こえる？」

「なにが？」

「かすかな唸りが、ずっと聞こえているんだけど」

「蚊《か》だろう、たぶん。こっちには水の音しか聞こえない」彼は急流を指さした。「あるいは耳鳴りのほかかは」

彼らは渓谷沿いに北へ数キロ進んでから、昼食のために止まった。そこで渓谷は東へ向きを変えていて、馬蹄形《ばていけい》の谷間で行き止まりになっていた。ダークとサマーはチベット人三人に追いついた。彼らは焚火でお茶を沸かし、周囲の急な斜面を見あげていた。天空は雪を頂く二つの峰に占拠されていた。一つは北西に、もう一つは少し東寄りにそびえていた。二つの峰は細い茶色い一筋の尾根によって、双方の頂のもとで繋がっていた。氷の垂直な帯が北西の頂から彼らの場所近くまで伸びていて、そばを下る流れを渓谷にもたらしていた。

サマーはそびえ立つ山脈を見つめた。「私のシェルパと酸素タンクはどこなの?」

「妙案だったかもしれんな」ダークは言った。「どっちの頂も五七〇〇メートルある。残念ながら、われわれは自力でやるしかない」

ノルサンは沸かしたてのお茶をみんなにわたした。ヤクのバター入りで、世界のこの地域では万能薬とされていた。「スープを間もなく用意します。それが済んだら、また続けます」彼は伝えた。「この午後はきつい登りになりますが、稜線の反対側で探索態勢に入れるでしょう」

「われわれの探索ルートはどんな感じです?」ダークが訊いた。

「上の稜線に至る道が開けているようで、専門的な登山はいらないようです」

「今夜」サマーが訊いた。「どこにキャンプするのかしら?」

「狭い台地が稜線の近くに見えますが、あそこがよさそうです」彼は彼女の瞳《ひとみ》にためらいの色を見て声をたてて笑った。「あなたは山脈を恐れているんですか、それとも登山?」

「断然、登山だわ」

「ご心配なく。神々はわれわれを快晴で祝福してくださっている。吉兆です」

彼らはレンズマメの熱いスープとフライド・ブレッドの昼食をすませた。太陽は明るく輝いていた。彼らは少し経ってからトレッキングを続けた。傾斜を上っていると微風が斜面の上から漂い流れ、太陽の温もりに肌寒さを添えた。アーリエという名の警護隊員は熟練のトレッカーなので、下のほうの斜面を先に立って登った。傾斜が急になるにつれて、彼は岩場を通り抜けるもっとも楽なルートを絶えず探し求めつつ、山腹をジグザグを描きながら登りはじめた。

一〇時間登りつづけたのちに、一行は止まって休息をとった。サマーはチベット人たちが小枝や枯木の切れ端を集めて、バックパックの上に積んでいるのに気づいた。

「薪です」ノルサンが知らせた。「間もなく樹木限界線を越えるので」

サマーは斜面の上部には樹木はなく、植物もほとんど生えていないことに気づいた。

「だけど私たち、ガスストーブを持ってきたわ」

「古臭いタイプと呼んでいただいて構いませんが、われわれは焚火のほうが好きです」ノルサンは言った。

サマーは肩をすくめ、薪用に小枝を何本か自分のパックに縛りつけた。彼らは登山を再開した。ルートは高く登るにつれてますます険しさを増し、彼らはしばしば休息をとった。ときどき、行く手を遮っている巨礫《きょれき》を上ったりガレ場を迂回《うかい》しなければならなかった。午後遅くに、チベット人たちは稜線に近づき、ノルサンが目指していた風から護られている台地でキャンプの準備をはじめた。ダークとサマーは少し遅れてみんなに追いつき、やれやれとバックパックを下ろして山の薄い空気を吸おうとした。

ノルサンは二人の顔に疲れの色を見てとり、寛いだ笑いを浮かべて彼らに加わった。

「今日の上りはきつかったが、よく頑張りましたね」

「今夜はよく眠れるだろう」ダークが言った。「酸素があろうがなかろうと」

サマーは腰を下ろしている平らな石をぴしゃぴしゃと叩いた。「それに、ベッドがあろうとなかろうと」

ノルサンは声をたてて笑った。「それも、そう悪くはないのでは」そう言ってタッシュのほうを向いた。彼は彼らのテントを半円形に設営中だった。

サマーは立ちあがり、つい今しがた征服した斜面の彼方にひろがる光景を南から西へ眺めた。彼女は高地を登ることに忙殺され、足許を見ることにかまけ、景観にあまり注意を払えなかった。現にいる高見からだと、足許にひろがる緑の谷と山の稜線は絵葉書さながらで彼女は感嘆した。「素晴らしいわ。登ったかいがあるわ」

「反対側はもっと素晴らしいですよ」ノルサンは言った。「いらっしゃい、見てみましょう」彼は立ちあがり稜線の上に登った。ダークとサマーはあまり気乗りしなげな様子で後から従った。稜線の頂は幅四メートル足らずで、反対の北側へ落ちこんでいた。ノルサンは狭い頂の陽に焼かれた分厚い粘板岩《ねんばんがん》に乗り、二人が現れるのを待った。

清涼な風が高地を吹き抜けていた。サマーは冷気を振りはらいながらヒマラヤ山脈の圧倒的な眺望に見入った。峻烈《しゅんれつ》な雪を頂く連峰が果てしもなく西へ広がっていた。

ノルサンはひときわ目を引く高い山を指さした。「あれがカンチェンジュンガ、世界で三番目に高い山です。ここにいるわれわれより三〇〇〇メートル以上高い」

「エベレストはどこなの？」サマーが訊いた。

「チョモランマは――チベットではそう呼ばれていますが、われわれの西およそ二〇〇キロにあります」

ダークは周辺一帯を観察した。彼らは高い峰二つを繋いでいる稜線に立っていた。確立した名前がついていなかったので、彼は自分たちの左手、すなわち西側の山をウイスキーと、それに北東側の小ぶりの峰をノベンバーと名づけた。その南斜面と同様に、ウイスキー山も長い氷河を伴っていて、北側から三キロほど下って険しい台地へ向かっていた。氷河の裾野《すその》には、衛星写真で見たことのある鉛色の湖が横たわっていた。

しかし、彼らが計画した最初の探索区域は真正面にあった。岩や砂利がばらまかれた斜面で、急激に台地と湖に向かって落ちこんでいた。ダークは稜線の端に近づき、起伏する斜面を見下ろした。彼は航空機の残骸らしきものを目で追った。

「私はすでにざっと調べましたが、なにも見つかりませんでした」ノルサンが知らせた。「徹底した探索を明日行いましょう」

サマーはダークの肘をつかみ、自分たちのテントのほうへ引っぱった。「彼の言う通りだわ。これからここをうろつき回るのには風が強すぎる。なにか食べることにしましょう」

夕日が山脈の頂を炸裂《さくれつ》するオレンジ色に染めあげる中、彼らは帰路についた。キャンプ地に着いたとき、彼らは折よく鮮烈な落日の最後の一瞬を見守ることができた。太陽が姿を消す寸前に、サマーは目の片隅で煌《きら》めきを捉えた。彼女は兄のほうを向いた。「あれを見た？」

「見たって何を？」

「ある種の反射よ、ちょうど太陽が沈むときに」

「どこらへんで？」

サマーは稜線の上のウイスキー山のほうを指さした。「稜線の縁のすぐ下、あの山に向かって立ちあがる手前。ここから一〇〇メートルほど先」

ダークはノルサンに声を掛けた。彼は夕食作りを手伝っていた。「すぐ戻ってきます」ダークはサマーのほうに向きなおった。「そこへ連れて行ってくれ」

空は紫色に染まっていた。サマーは斜面を登って行き稜線を横切り、頂の下に留まって風を避けた。辺り一帯は茶褐色の岩と砂利だらけで、小さな氷塊が混じっていた。彼女の前方では、雪を頂くウイスキー山から氷の白い川が、彼らが渓谷から登った山道の近くまで流れ下っていた。

彼女が目撃した反射は氷河の縁のすぐ手前で生じていた。しかし、近づいていっても何も現れなかった。あれは氷河の反射にすぎなかったのだろうか。

彼女は立ちどまって息をととのえ、一歩前へ踏みだした——するとあれが見えた。二人の下のほうに、平らな一個の金属片が岩の大きな塚の裏側に突き刺さっていた。彼女は斜面を指さした。

「分かった」ダークは知らせた。

好奇心にエネルギーをとっさに掻きたてられ、彼らは岩だらけの斜面をあわただしく下りていった。サマーは長い石に足を取られた。太い枝にしがみつき、目指す物体の脇の開けた岩棚に飛び下りた。

それは金属製の色あせた茶色い三角形の板で、長さは二・五メートルほどだった。いっぽうの端は丸まっていて、吹きすさぶ雪と砂塵《さじん》に塗料は剝《は》げ落ちていた。精錬されたアルミニウムは太陽の光線を反射する輝きを保っていた。サマーはさらに近づいた。金属製のバットレス・ウエッジで、厚さが一五センチほどあった。片方の縁は荒い鋸歯《きょし》状で、反対側は窪んでいるだけで滑らかに弧を描いていた。山の頂にただ一つしかないのに、彼女はその物体の形態にまったく疑いを持たなかった。

彼女は航空機の翼端を発見したのだった。

43

完全な闇が訪れる前にざっと探してみたが、ほかの残骸は見つからなかった。ダークとサマーは、ノルサンも加わっていたのだが、しぶしぶ探索を打ち切り、懐中電灯で照らしながらキャンプへ引きあげた。タッシュとアーリエは焚火を焚き、ホットシチューの鍋《なべ》を用意していた。

ダークは湯気のたつボウルをアーリエから受け取り、岩の上に腰を下ろした。彼はウイスキー山のほうを指さし首をふった。「理屈に合わん。われわれは南向きの斜面にいる。ラサを飛びたった飛行機は北側にぶつかるはずだ。ハイアラムがわれわれの探索格子を設定した場所に」

「ここでは、風や嵐が猛烈になるから」ノルサンが言った。「悪天候のために、おそらく方向を見失ったのでしょう」

サマーはうなずいた。「第二次世界大戦中に、チベットで墜落したC - 47の生存者の話を読んだことがあります。彼らはザ・ハンプを飛んでいて、五〇〇キロ近く針路からずれてしまった」

「それは私の知りたい答えになっていない」ダークは言った。「しかし、君の言う通りだ。とはいえ、われわれはほかの残骸を見つけていない」

「明日の朝、また探しましょう」サマーは言った。夕食を終わるとボウルを下に置き欠伸《あくび》をした。「あまり早く、朝になってほしくないけど」

彼女はほかの人たちの後片づけを手伝い、ベッドへ向かった。チベット人たちは少し遅れて引き下がったが、ダークは消えかかる焚火の脇に居残っていた。身体は疲れていたが、頭の中ではラムと交わした話が蒸し返され、ラサからのフライトを再現しようとしていた。やがて彼は立ちあがり夜空を見あげた。筋雲がいく筋か掛かっているだけで、明るく一面の星が輝いていた。彼はしばらく天空を見つめ、飛びさる流星を二つ目撃してから自分のテントへ引きかえした。

もしも彼が大空ではなく山腹に目を向けたなら、別の灯りに気づいたことだろう――遥《はる》か遥か下の木立を走り抜ける小さな三つの灯りに。

第三部

44

マーゴットは操舵室《そうだ》の窓から灰色の水平線を見つめながら、襲ってくる吐き気をおし殺そうとした。気分が悪いのは、荒れている海のせいばかりではなかった。クルーボートの舵《かじ》を取っている傲慢《ごうまん》なニンの姿を一目見ただけで、虫唾《むしず》が彼女の疲れ切った身体を駆けめぐった。それに加えて、メルボルン号へもどったときに父親やその他の乗員がどうなっているか不安だった。胃がむかつくままに後ろの窓を覗きこみ、少なくともピットやジョルディーノに比べれば私はまだましなほうだと自分に言い聞かせた。

彼ら二人は船尾の無蓋《むがい》デッキに坐っていて、背中を船尾肋材《ろくざい》に縛りつけられていた。デッキを洗う海水と舷側越しに突き抜ける波で、彼らはずぶ濡れだった。不快だろうに二人は、観光バスでロンドン市街を見物している屈託のない旅行者のように、楽しげに話を交わしているようだった。

マーゴットは彼らのような人に会ったのは初めてだった。父親はタフだったが、ピットとジョルディーノはゆるぎない豪胆さを漂わせていた。彼らの絆《きずな》は深い試練に培われ、はるかに強靭《きょうじん》な人間に鍛えあげられたように思えた。二人の自信は彼女に一縷《いちる》の望みをあたえ、彼女の不安を静めてくれた。

ボートは激しく揺れ、大きな波が船尾デッキを洗い流し、男二人を水浸しにした。ジョルディーノは顔に掛かった海水を振るい落とした。「俺たちのシーアンカー（海《かい》錨《びょう》）は無事か？」

坐っていて頭一つ高いピットは船尾肋材越しにスティングレイ艇を見た。それは引き綱で三〇メートルほど後ろに繋がれていた。「われらのピッグ・ボート（潜水艇）はいまなお無事だ。連中がハッチを吹き飛ばして沈めなかったのは驚きだ」

「彼らのことだ、やってしまいそうなものだが」ジョルディーノはいまやノース・アイランドが後方の水平線上の一点と化したことに気づいた。「奴らはあの艇を取っておくつもりなんだ」

ピットは納得顔で笑いを浮かべた。「連中はあれをロケット部品の引き揚げに使うつもりなのだろう」

彼ら二人は島で息をのんだ。頭の禿《は》げあがったコマンド隊員が部下の一人に、引き綱を潜水艇に固定しろと命じたのだ。クルーボートは引き綱を取りつける間、沈んでいるロケット装置の真上を漂っていたが、それが海面下にあることに誰も気づかなかった。クルーボートとスティングレイ艇は荒れ狂う海へあらためて乗りだし、ロケットは入江に隠されたまま放置された。

ピットは大きな波が音高くボートの左舷に打ち寄せ、二人の頭上高く水泡を吹きあげるのを見つめた。波が収まったところで、彼はジョルディーノのほうを向いた。

「訊こうと思っていたのだが。海辺での潜水艇修理に、なにか成果はあったのか?」

「多少は」ジョルディーノは答えた。「通信装置は失敗に終わったが、羽根車役のスラスター装置をさらに二基取りつけた。それに、別のヘッドライトがおそらく使い物になるだろう。すこしばかり上がったと思うがね、下取りの値段が」

「連中はデータ欲しさに潜水艇を保持しているのだろう。彼らはわれわれの探索記録からなにか絞りだせるだろうか?」

「俺たちは最後の潜航の際にはビデオを回していないから、彼らが掘りおこせるのはわれわれの相対的な航跡と位置取りだけだ。俺たちの首に縄を掛けるのには十分だが、われわれが引き揚げたものを見届けるのは無理だ」

少なくともあれには、なにかある。ピットが入江でロケット装置について考えていると、ジョルディーノが彼の脇腹を小突いた。「俺たちご帰還らしいぜ」

ピットはクルーボート越しにメルボルン号をちらっと見た。大型探鉱船は北西へ航走していたが、クルーボートが少し経ってから側面に近づくと漂いながら停止した。潜水艇は探鉱船の大きなクレーンの一つで船上に引きあげられ、船尾デッキに置かれた。コマンド隊員二名が手早く潜水艇を大きな防水シートの下に隠した。

突撃ライフルを構えたニンがマーゴットを伴って、昇降用階段を上りメルボルン号のメインデッキへ出た。ピットとジョルディーノは手首を解かれ自由に階段を上るのを許されたので、コマンド隊員二名に監視されながら後ろから従った。ニンは人質三人を船橋へ連れていった。

ゼンは船長の椅子に坐っていて、部屋に入ってきた彼らに軽蔑《けいべつ》の眼差しを向けた。彼はゆっくり立ちあがり、大きなネコのように部屋を過ぎった。彼が真正面で止まったので、マーゴットは目を伏せて彼の凝視を避けた。

「ミス・ソーントン。別れの言葉もないまま、あなたはわれわれのもとを去りましたね」

「父はどこに居るのかしら?」

「まだ生きています、いまのところ、下の士官室で。さあ、どうやってこの船から消えたのか、訊かせてもらいましょう」

　マーゴットが答えずにいると、ゼンは目にもとまらぬ速さで彼女の顔に平手打ちを食わせた。その衝撃で彼女はよろめきデッキに倒れそうになったが、ピットが彼女を支えてやった。ピットの態度を見て、ゼンはその目に怒りをたぎらせた。だが、ジョルディーノのほうが早く反応した。彼は半歩踏みだし、強烈なアッパーカットを彼の下顎に叩きこんだ。ゼンはパンチを受けて靴から飛びだしそうになった。コマンド隊の指揮官は後にのけぞり、船長の椅子にぶつかった。

　ニンは仰天し、ライフルの銃床をジョルディーノの背中の下のほうに突き立てて跪かせた。彼は銃口をあげてピットに向け、ほかのコマンド隊員たちは銃を構えた。

　ニンはライフルの銃口をピットとジョルディーノの中間に移した。「誰であれまた動いてみろ、命を落とすことになるぞ」

　ゼンはゆっくり立ちあがり、みんなに近づいた。ジョルディーノに食らったノックダウンパンチのせいで、コマンドの指揮官はふらついていたし目は虚《うつ》ろだった。彼は笑いを浮かべて、パンチなど利かなかったように見せようとしたが足許が揺れていた。

「さてと、われわれのお客さま。潜水艇でお越しいただいたようで」彼は言った。

「ずいぶんと遠出をしたものだ。一つおたずねするが、海底で何を見つけて回収したのかね？」

彼はジョルディーノを指さした。彼はもがきながら立ちあがろうとした。「おまえだよ」

ジョルディーノは真っすぐ立つと微笑んだ。「貝殻さ」

こんどは一撃が飛んでくるのが目に見えたので身構えた。ニンのライフルの銃床が脇腹に叩きこまれた。ジョルディーノは片膝をつきながら衝撃に耐え忍んだ。顔をしかめながら、彼はすぐさま立ちあがった。

「われわれはルソン海峡で海底地質学調査を行っていたんだ」ピットが言った。

ニンはライフルの銃口でピットの胸板を小突いた。「黙れ！　われわれはお前に話しかけているわけじゃない」彼は銃身でピットを後退させようとしたが、ピットは頑強に抵抗した。ニンはジョルディーノのほうへ引きかえした。「指揮官の質問に答えろ。お前たちは何をしていて、何を見つけたんだ？」

ジョルディーノはピットのほうに顎をしゃくった。「彼の言った通りさ。そして、貝殻をいくつか見つけた」

こんどは一撃を腹部に見舞われて息が切れ、彼はデッキに倒れこんだ。度重なる一撃にたいていの男なら長い間気を失って倒れこんでいるだろうが、ジョルディーノはそうは行かなかった。ニンは小柄だがタフなイタリア人にただ見入った。ジョルディーノは力をふり絞って立ちあがり、息を整えながらコマンド隊員を睨みつけた。ニンは一歩退き、ライフルをジョルディーノの頭に向けて撃つ構えをした。

「彼らをここから連れていけ!」ゼンは落着きを取りもどして叫んだ。「私にはこんなお遊びをしている暇などない」

彼は近寄ってアメリカ人二人を見つめた。「われわれはお前たちの潜水艇を押さえている。あのビデオカメラは、お前たちが見つけた物をはっきり教えてくれるはずだ。もしそうでなければ、ニンが後刻、不愉快極まりない訪問をお前たちにすることになる」

ニンとほかのコマンド隊員は人質三人を船橋から連行する準備をはじめた。マーゴットがピットの腕にしがみつくと、ゼンがまた口を開いた。

「待て」彼は声を掛けた。

マーゴットは正面を見つめたが、コマンド隊の指揮官の視線が自分に向けられているのが感じ取れた。

「ミス・ソーントンをここに残して行け」ゼンは冷たく命じた。「彼女にはもう少しお付き合い願いたい」

45

登山家たちは日の出に起きると早速、C - 47の別の残骸を求めてひしゃげた翼端周辺の探索の準備をはじめた。一行は手分けをして山腹を数百メートル下ってから、峰の連なりに向かって登って行った。やがて彼らは二つの峰、ウイスキーとノベンバー山の間の稜線を探索した。

彼らはボルト一本すら見つけられなかった。

サマーは翼端のすぐ先の氷床について検討した。「機体の残りは氷河に埋もれてしまったのでは？」

「ありうるが、考えにくい」ノルサンは言った。「ヒマラヤ山脈の氷河はこの五十年以上にわたって急速に退行している。あの飛行機が墜落後に氷に埋まったとしても、いまごろまでに露出している可能性がすこぶる高い」

「ここでできることは無いようなものだ、もっと下るぐらいで」ダークは言った。

「稜線の反対側の、最初の探索地域へ向かうべきだと私は思う」

「賛成」ノルサンが言った。「で、あなたは？」彼はサマーを見た。

「いいわ」彼女は微笑みながら言った。「シャンバラ（伝説上の仏教王国）は丘のすぐ向こうにあるような気がするの」

彼らはテントをたたんで稜線を越え、用具類を岩の片隅に押しこんだ。山脈の北側のほうが氷河が多く、両方の峰の中央から伸びていた。彼ら五人は二つの氷床の間の平地に八〇〇メートルにわたってひろがり、ていねいに探索しながら斜面を下り始めた。彼らは午前の大半を費やして、飛行機の手掛かりを求めて稜線の高みをつぶさに調べた。ダークとサマーは依然としてしつこい頭痛に取りつかれていたが、しだいに高度に順応しつつあった。

下り斜面を数百メートル調べ終わった一行は西へ向きを変え、稜線の頂点めざして引きかえした。アーリエはほかの者たちの先に立って稜線を調べている途中で、足許近くのある物に目を留めて立ちどまった。彼はいっぽうの腕をふった。「ここに何かあるぞ！」

ほかの者たちは丘を登って、稜線の頂から二メートルほど下にいるアーリエのもとへ集まった。彼は擦りきれたブーツのつま先で、自分の目の先の地べたを指した。ノルサンは屈みこみ、土に埋まっているまるい物を掘りだした。

それは一五センチほどの車輪で、腐食したフォーク状のスピンドルに取りつけられていた。依然としてリムに付着していて、ゴムはひび割れて干あがり、灰色に変色していた。ノルサンはそれを持ちあげてほかの者たちに見せた。

「尾輪だ」ダークは言った。

サマーはジャケットのポケットをまさぐって、ダグラスC‐47スカイトレインの立体分解図を取りだした。彼女は尾翼装置を指さした。「同じ物のようだわ」

「この辺りにもっと残骸があるはずだ」ノルサンは車輪を土の中に戻した。

彼らはその周りに円を描いて調べつつ稜線の上部を探り、西の二つの氷河へ向かった。ほかの残骸が見つからないと、ダークとノルサンは岩を蹴って引っくり返し、薄い土の層をほじくりはじめた。しかし、翼端と同様に尾輪は遊離した部品で、不可解なことに山腹に埋められたように思えた。押しひしがれた胴体の部分や叩きつぶされた星形エンジンはもとより、指ほどの断片すら見つからなかった。

一行は作業を打ち切って昼食を取り、自分たちの発見について検討した。太陽は頭上で明るく輝き、ウイスキー氷河は煌めいていた。ノルサンはダークが周りの地勢を観察していることに気づいた。「どうもわれわれは、あの飛行機を見つける定めにないようだ。この辺りには魂がうようよしている」

「あるいは、われわれは手掛かりを与えられているのかもしれない」ダークは言った。

「しかし、それをちゃんと読み解いていないのでは」

「この斜面のずっと下に埋もれているのでは？　地形に紛らわされているだけで」ノルサンは訊いた。「おそらく、何十年ものうちに風が巻きおこした土埃に覆われてしまったのだ」

「私はそうは思わない」ダークが言った。「けっこう大きな飛行機で、大型エンジン二基を備えていた。目を引く残骸がもっとあっていいはずだ。いや、やはりあの飛行機のフライトは、どこかほかの場所で終わったのだと思う」

サマーは兄を見つめた。「なにを言いたいの？」

「問題の飛行機が北から飛来したとしよう。いや、北東からのほうがいい。ラサへの直線コースだから」彼は立ちあがってその方向を指さし、パイロットたちが直面した状況を描きだそうとした。「雪嵐で、おそらく風は強く視界はゼロ。ラムは言っていた、片方のエンジンは銃弾を受けて損傷していたと。したがって、十分に高度を保つのは容易ではなかったろうし、下降気流に見舞われたことだろう。いずれにせよ、彼らは目に見えぬこの峰に接近し、辛うじてその先端をこそげ取った。尾輪はねじ切られた。それにその衝撃で、ラムは飛行機から投げだされた」

ダークは向きを変えて稜線の頂を指さした。「あの左の翼端は稜線の側面をこすった。衝撃は主翼全体ではなく翼端だけを引きちぎり、翼端は弾んで稜線を跳び越えた」

サマーはうなずいた。「そこはほとんど同じ高さよ、私たちが翼端を発見した稜線のこちら側の場所と」

「尾翼が激しく接地したために、尾輪がもぎ取られたようだ」ダークが言った。「しかし、飛行機は弾んでいくらか跳ねあがった。それで少し前方へ運ばれた」

「ラムは気を失い、墜落の音を聞いていない」ノルサンが言った。「大きな物音がしたというだけで」

サマーは兄の隣に近づき、南西のウイスキー山の上り斜面のほうを見た。「となると、飛行機は氷河まで達していたかも」

「一九五九年には氷河はずっと大きかった」ノルサンが言った。「おそらく現にわれわれが立っている場所を覆っていたでしょう」

サマーは手をかざして陽の光を遮りながら、氷塊をつぶさに観察した。「なにも見当たらないわ。それに、ハイアラムが送ってくれた衛星画像にも何も映っていなかったけど」

「それはあの飛行機がそこで止まらなかったからさ」ダークが言った。「斜面は頂の下ではすごく急になる。もしも、あの飛行機が中腹に、氷の上に接地したなら、側面を滑り下ったことだろう」

彼ら三人はウイスキー山の頂から氷に覆われた地帯を経《へ》て、北斜面をくだり下にひろがる盆地へ向かった。氷原の麓では小さな湖が緑色に煌めいていた。

「あの湖のことを言っているのではないでしょうね？」サマーは訊いた。

「当然、そうとも。ほかのどこにも、残骸は見つからないじゃないか」

「しかし、湖ですよ」ノルサンは首をふった。「あそこだと調べようがない」

「実はあるんです」ダークはにんまりと微笑んだ。「ご覧の通り、伊達《だて》にグランドキャニオンの荷運びのラバの真似《まね》をしているわけじゃないんです」

46

マオ・ジンは不毛の山脈を見あげ、深く息を一つ吸いこんだ。ヒマラヤ山脈の頂越えの覚悟などできていなかった。部下たちは十分に鍛えられ体力も整っていたが、彼はこのわずか二、三か月のうちに、いささか軟弱になってしまったことを認めざるをえなかった。シッキムにおける彼の秘密工作は国境沿いのインド軍の動静の監視にすぎず、彼はその任務を道沿いの居心地のいいロッジから日ごろ行っていた。

彼はこんな緊急指令を受けたのは今度が初めてだった。テンジン・ノルサンという名のチベットの情報部員とその仲間を追跡せよ。命令は素《そ》っ気《け》なかった。「尾行して、彼らが見つけた物を奪いかえせ……いかなる犠牲を払っても」

指示の最後の部分が彼の注意を引いた。敵対国内で活動する際の第一の原則は、隠密の保持だった。晴れた日に、彼と部下の工作員たちは行商人やヤクの牧夫に化けて、シッキムの町を秘かに歩き回らなければならなかった。しかし、いまやそんな必要性は破棄された。「いかなる犠牲を払っても」その意味するところはすこぶる明瞭《めいりよう》だった。

中国人民解放軍の中国人スパイであるマオは、ノルサンがシッキムに着いたことを雇いの密告者であるレンタカー業者から知らされていた。彼はガントクに通じる大通りのはずれで待機して白いバンの姿をとらえ、ゆっくり尾行してラチェンへ向かった。頑丈な四輪駆動車に乗った重装備の情報部員三名が、その夜マオに加わった。車には食料とサバイバルギヤがびっしり積まれていた。

夜陰にまぎれて、彼らはGPS追跡装置をバンに取りつけた。つぎの朝、彼らはダムブン村へ向かうバンと一定の距離を保って苦もなく尾行した。チベット人たちが徒歩に切り替えると、中国勢は一時的にドローンを使用して彼らの足取りを追い、谷間の平地を行く彼らを高みから観察した。

中国人たちは樹木限界線に点在する松の間に一時間ほど潜んでいた。すでに一時間前に、彼らの標的はテントをたたみ稜線を越えて北へ向かっていた。残る午前中、マオは部下たちを率いて骨の折れる斜面を登り稜線の高みへ出た。彼らはチベット人たちが前夜テントを張った岩棚で一息いれた。やがてマオは稜線の頂に這いずって上り、その反対側を眺めわたした。

彼は東西にひろがる連峰の眺めにまず圧倒された。それに、はるか北寄りの干あがった埃っぽいチベットの高原に。つぎにマオは眼前の開けた下り斜面を見つめた。はじめのうち、チベット人のグループは見当たらなかった。そこで彼は山腹のずっと下のほうに目を凝らした。六〇〇メートルほど下の山上湖の縁の近くに立っている人影が目に留まった。

マオはパックから双眼鏡を取りだし、人影に焦点を合わせた。男二人が火を熾していて、背の高い男と女が湖と接している氷河の端に立っていた。

総勢四人。五人のはずだった。ていねいに周囲の盆地を見回し、山腹の上下に目を走らせた。彼は部下の一人が脇に這い寄ってきたので煩《わずら》わしげに顔をあげた。

「どうしました？」部下はマオの案じ顔を見ながら訊いた。

「四人しか見えない。彼らの一人が行方不明だ」

部下は辺りを見回して、同じ結論に達した。「彼らはすでになにか見つけた、とお考えですか？　彼らの一人は湖から旅立ったのでは？　ユムタン渓谷を目指して」

マオは憮然《ぶぜん》たる顔をして、四人を改めて見つめた。彼らは間もなくどこかへ移動する感じではなかった。おそらく連中は尾行されていることに気づいており、仲間の一人が例の彫像を持ちさる時間稼ぎをしているのだろうか？　もしもそうだとすると、彼は事態に対応するしかなかった。

「ほかの者たちを集めろ」マオは命じた。「極力しずかに連中の場所まで下りていって、何をする気でいるのか突きとめる」

「どうします、彼らが交戦してきたら?」

「その時は、全員殺さないようにベストをつくす」

47

サマーはダークがダッフルバッグに詰めて運んできた潜水用具を見つめて首をふった。あるのはドライスーツ、マスク、シュノーケル、それに短く軽いアシヒレだけだった。セカンド・マウスピースが一つしかついていない呼気調整器が、主に緊急事態時の補助用である小さなアルミニウム製のエアタンクに取りつけられていた。通常の潜水タンクの半分以下の大きさで、圧縮空気がちょうど三〇立方フィートしか入っていなかった。

「浮力調整器はなし、潜水コンピューターなし、オクトパス調整器もなし」彼女は首をふった。「未知の湖水に一人で潜るのよ、ほんの小さなビンだけで。しかも、水温は六度たらず。安全な潜水教本のほぼあらゆるルールに違反していると思うけど」

「われわれが補給品を運ぶためにヤクを雇ったのなら、用具をもっと運べたろうが」ダークは応じた。「この人数だけで、山腹を担《かつ》ぎあげるには重すぎた」

「湖をどの程度カバーできると思う、そんなかぎられたエアで？」

「まず湖面を泳いで、なにか見える物がないか確かめるつもりだ。湖はあまり深くはないようだし」

「重りには何を使うの？」

ダークはバックパックを掻きまわして、とびきり大きな漁師用のベストを取りだした。ジッパー付きのポケットだらけだった。「このポケットに入れる石を探すのを手伝ってくれると、準備オーケーなんだが」

「狂っている」彼女は言った。「完全に狂っているわ」

ダークは妹にぼやいた。「なんのことはない、お前はヒマラヤ山中で潜ったと言えないから妬《や》いているんだ」

彼は上着を脱いでドライスーツを着こみ、髪の毛をフードにたくしこんだ。岩場の湖岸を離れて山上湖に入っていき、マスクとアシヒレを装着した。サマーに向かって親指を立てると、身体を投げだして湖の中心めざして脚を蹴り、シュノーケルで息継ぎをした。

氷のような水が顔の露出している部分に突き刺さったが、身体を当初襲った肌寒さはドライスーツと身体の間の密閉された空気が暖まるにつれ、ほどなく消えさった。

モレイン盆地にあって風から護られているので、湖の波は穏やかだった。岩粉と呼ばれる氷河の浸食作用が生んだ細かい粒子の沈殿物が湖にあざやかな緑色をもたらしていて、水晶のような湖水に彩りを添えていた。しかし視界は依然として良好で、ダークは一〇メートル近く見通せた。しかし、見るべきものはほとんどなく、目に入るのは茶褐色の岩や巨礫ばかりだった。

湖は大きくはなかったが、湖底は深すぎて見えなかったので、ダークは沈んでいる航空機を見逃さないかと恐れた。それで彼は湖を何度も行き来し、時おり氷河から裂け落ちて漂う氷塊にぶつかった。

彼は北の湖岸のある地点で、目撃した物にではなくある物を感じ取って途惑った。フェイスマスク周辺の水温が、さっきまでひどく冷たかったのに信じられないほど熱くなったのだ。岩盤の湖底に変化は見当たらなかったが、やがてガントクから車で移動中に、ノルサンが温泉の存在をいくつか指摘していたことを思いだした。湖底に熱水泉があるに違いなかった。

ノルサンは湖岸沿いに歩いていた。ダークは南の堤へ向かった。その場所で、氷河が湖に流れこんでいた。湖の中心を通りすぎる辺りで、湖底が見えなくなった。しかしそのまま顔を伏せ、アシヒレを強く蹴り続けて先へ進んだ。褐色の湖底がまた見えてきて、視界の端にかすかな変色があるのを彼は目撃した。緑がかった色が褐色の岩と対照的だったが、それ以上のことは分からなかった。彼はその辺りを回ってみたが、それ以外になんの手掛かりもえられず、湖岸の目印から自分の位置を割りだした。湖の探索を終えると、東岸の出発地点へ泳いで引きかえした。

ダークが湖から出ると、ノルサンが水際に駆けつけた。「なにか見つかりましたか?」

「湖は思っていたより少し深い」ダークは息を整えながら答えた。深みで変色した何かを見かけたが、地質のせいかもしれない」

サマーが疑わしげに訊いた。「潜る価値あって?」

「そう思う」彼は湖岸に上がった。「私のウエイトベルトだが、うまくいったろうか?」

サマーはいまや膨らんだ漁師用ベストを持ちあげて見せた。「エアタンクと調整器を、せいぜいしっかり繋いでおいたわ」彼女はベルクロ・ストラップを指さした。「それで約一四キロの石の重さに相当する。もしもそれが重すぎて、あなたが湖底に沈んでしまうようなら、ここに留まるほうがよろしいかと」

彼は声をたてて笑った。「君のサポートを頼りにしているぜ」

ノルサンはサマーに手を貸してベストを支え、ダークはそれをドライスーツの上に着こんだ。サマーはすでに調整器をタンクに取りつけてあったが、ダークは補助用低圧インフレーターホースを取りだしてドライスーツのバルブに接続した。初期浮力を増すためにドライスーツにエアをざっと吹きこむと、彼は引きかえして湖に入っていった。「すぐ戻ってくる」彼は手をふって別れた。

ダークは湖の南へ泳いでいき、目印代わりにしている一対の巨礫のもとに出た。何度か輪を描いたのちに、下のほうにある緑色の物を目撃した。

シュノーケルをエア調整器と取りかえ、袖《そで》のダンプバルブからドライスーツのエアをいくらか放出した。サマーが集めた石の重石《おもし》の機能は万全で、彼は湖面から簡単に水中に飛びこむことができた。向きを変えると脚を蹴って湖底を目指し、ゆっくりふかく息をして限られたエアの供給量の温存につとめた。

下りてゆくとともに湖水は澄んでいった。湖底の深さは一二メートル以上ありそうだった。湖は午後の陽が近くの連峰の陰に沈むにつれ薄暗くなっていった。

彼は湖底のすぐ上で平らになり、緑色の物のほうに向きを変えた。アシヒレを何度か蹴って前を見ると心臓がときめいた。

双発機の輪郭が濁った陰の中から現れた。

下側に取りつけられた主翼と少し丸味を帯びた尾翼が、それがC‐47であることを裏づけていた。ダークは後ろから近づいていきながら、機体が真っすぐ着底していることを確認した。古い輸送機はほとんど無傷だったが、水平尾翼は失われていたし左主翼の翼端は無かった。前方へ泳いでいくと、機首が墜落の衝撃でひしゃげていた。

ダークは向きを変えて左主翼とエンジンの上を泳いでいった。三枚羽のプロペラは機体が氷河に衝突したさいに叩きつぶされていた。飛行機は氷河に墜落したのだ。機体の状態から、同機は原形を保ったまま山腹を滑り落ちて、湖に突入した。当時、湖はずっと小さかったようだ。

彼は押しつぶされた機首部をすばやく一回りすると、胴体の右側へ潜っていった。主翼の後方では貨物室の扉が開いていて手招いていた。それはまさしくラムが七十年前に放りだされた扉だった。ダークは扉をすり抜けるなり、水中懐中電灯を持ってこなかったことを悔やんだ。

C‐47の胴体にはいくつもの窓が並んでいたが、ガラスは長年水に浸かってきたためにくすんでいた。ダークには薄暗い機内に目をならす時間がなかった。彼は前方へ泳いでいった。ネチュン寺聖像を操縦室からはじめて後部へ移行しながら探すことにしたのだ。

ほんの数センチ身体を動かしたとたんに、片方の肘が戸口の内側のなにかにぶつかった。一対のブーツだった。よく見ると靴の主の骨が先端から突き出ていて、彼は思わず退いた。

凍《い》てつく真水は航空機を、さらには機内のあらゆる物をほぼ往時のまま保存していた。ベンチが隔室ごとに置かれてあって、ダークはその上を泳ぎながら、アシヒレで堆積物を蹴りあげないよう注意した。どのベンチにも黒っぽい物が盛りあがっていたが、彼はとりあえず無視した。

操縦室は窓が多いせいで薄明るかった。ダークは開いたままの入口に達し、中を覗きこんだ。

C‐47の操縦室はスクールバスの運転席を連想させた。簡素で平らなパネルが飛行経路を示していて、その前に飾りっ気のない操縦士席が二つ並んでいた。頑丈な操《そう》縦《じゅうかん》桿が左右の座席の前に突き出ていて、一部断ち切られている大きな操向輪によって操作される。すべてが博物館の展示品のように思われた。計器類はきれいに読み取れたし、高度計は五四〇〇メートルを指していた。操縦桿の緑色のペイントは昨日塗られたような感じだった。それに、各座席の頭骨と骨の重なりは、歳月のために少し茶色味を帯びているだけだった。

背後の床やベンチの上や黒っぽい盛りあがりの下には、同じような人骨が収まっていることがダークには分かった。もしも、ニチュン寺聖像が搭載されているとしたら――そのはずだが――不気味な遺物を調べなくてはならなかった。ドライスーツの上に付けているアクアダイブ・ウォッチにちらっと目を走らせた。すでに一四分経っていて、小さいボトルの優に半分以上の酸素を使い切っていた。

彼は薄暗い貨物室のほうへ向きなおった。内部を探すには、方法は一つしかなかった。跪いて通路を這いずりながら、両腕を左右の側面へ伸ばしてベンチや床を軽く叩いていった。あまり移動しないうちに、片側で一丁のライフルと弾帯に、その反対側でブーツや人骨に触れた。

ダークは目隠しされて地下墓地を這いずっているような気がした。胸のむかつきを脇へ押しやり――エアの供給は急速に衰えていたが――ブーツ、制服、兵器、人骨に触れながら彼は前方へ移動を続けた。遺骸《いがい》がいくつあるかは数えそこねたが、彼は後部ドアの前に達した。そこにはわずかながら光が指していた。尾翼のすぐ手前で、まだ調べていないのはその部分だけだった。

彼は脚を蹴って前進し、床の後のほうへ板張りの表面をなでながら滑っていった。彼は右側には何も感じなかったが、尾翼の隔壁に頭をぶつけた。方向を変えて反対側を触れていくと、なにか小ぶりで丸く固いものが触った。彼はそれをつかんで戸口へ行き、それを光にあてた。手榴弾《てりゆうだん》だった。

ダークはそれを右側のベンチの下にしずかに置き、尾翼の脇の戸口に戻っていった。彼の手はまた人骨に触れた。いずれも側面の床に転がっていた。彼がていねいに遺骸を調べはじめた時に、それは起こった。タンクから半端なエアが送りこまれ、つぎの瞬間エアは途切れてしまった。

そうなることは分かっていた。しかし彼は、エア切れになるまでに機内を調べ終えようと思っていたのだ。探し求めている物をまだ見つけていなかったが、機内のほとんどを調べ終わっていた。

無呼吸状態である不安が襲ってきた。彼は自分の下にある遺骸を手早くまさぐりながら、すぐ前方の開いている戸口に目を走らせていた。片方の脚を軽く蹴って前へ進もうとした。その時に、右手が側面の隔壁から突き出ている何かをこすった。彼は立ちどまり、掌《てのひら》でそれをなでた。

感触は滑らかだったが硬い感じで、高さは六〇センチほどあった。ダークは別の手を伸ばして、それを握りしめた。背が高くて、重いし、それに丸いので、聖像に違いなかった。

ダークは暗闇越しに、背後にあることは分かっている遺骸のほうへさっと視線を向けた。この僧は最後の瞬間に腕を伸ばして遺物にしがみついたのだろうか？　そう思うと背筋を寒気が走り抜けたが、彼にはもっとさし迫った問題があった。

彼の頭はうずきはじめていた。湖面へ逃げだす緊急性が逼迫《ひっぱく》していた。しかし、聖像を放置するわけにいかなかった。それぐらいなら、浮上するつもりもなかった。

聖像を下におろし、石を詰めた漁師用ベストを脱いだ。マウスピースを吐きだし、ベスト、タンク、エア調整器を横に投げだしてはじめて、トクチャーの重い彫像を握りしめた。

ダークは強く脚を蹴って側面の戸口へ向かい、そこから湖底へ下りた。彫像は少なくとも石を詰めたベストより五キロ近く重かった。彼は浮力不足に力で勝つしかなかった。

ダークは立ちあがり湖床から離れ、脚を蹴り、しきりに水を掻いて頭上を目指した。排出エアによる浮力の補給を欠いていたので、彼は力強く蹴って一様に水を掻きながら、肺が破裂しないように一筋の軽い気泡を描きつづけた。

彼には減圧のために水中で停止する心配は無用だった。極度の高度ではあったが深く潜ってはいなかったので、あとは全力をふり絞って湖面を目指すだけだった。

彼の頭は穏やかな湖面をミサイルのように突き破り、彼は空気をがぶりと大きく飲みこんだ。シュノーケルをつかもうとしていると、聖像の重さで水面下に引きずりこまれてしまった。両方の腕で彫像を抱えていたので、脚を蹴っていちばん近い湖岸を目指すしかなく、イルカのように数秒ごとに息継ぎをした。

彼は泳ぐのに必死で湖岸に人影を探す余裕はなかった。自分が見つけた物を見せるのは、落とすのを恐れて水が膝の深さになるまで控えた。やがてその浅さになったので、彼は立ちあがって空気を大きく吸いこんだ。彼は彫像を誇らしげに頭上に持ちあげた。「あれを見つけたぞ！」

沈黙。

そこで初めて湖岸へ視線を向けると、お出迎えの連中が目に映った。それは中国人二人で、ダークの胸に狙いを定めて突撃ライフルを構えていた。

48

中国の工作員たちは見咎《みとが》められずに山腹を下りおりた。彼らの茶色の戦闘服は岩場の地形に溶けこんでいた。彼ら四人は丘陵に散開して湖に五〇メートル以内に接近した時点でタッシュに目撃された。

彼はピストルに手を伸ばしたが、いちばんそばにいたコマンド隊員の連射を浴びて撃ち殺された。数メートル離れて立っていたアーリエは数発応戦したが、交戦中に倒されてしまった。

ノルサンはサマーをつかんで地べたに伏せさせ、這いずって岩陰に隠れた。彼はグロック・ピストルで、タッシュを銃撃した男の胸に二発正確に撃ちこみ、頭越しにひとしきり自動発射するとしゃがみこんだ。彼が立ちあがり別の工作員に狙いをつけていると、手榴弾が宙を飛んできて彼の足許近くに落ちた。彼は足を伸ばしてそれを蹴とばそうとしたが、まだ足が届かないうちに爆発した。

閃光《せんこう》が走り、雷鳴さながらの轟《とどろ》きに大地が揺さぶられた。それは破片手榴弾ではなく、衝撃波型だった。瞬間的に、サマーとノルサンは目が見えなくなり音は失われた。ノルサンが衝撃を払いのけた時には遅すぎた。突撃ライフルの銃口が背中に押しつけられていた。彼はピストルを投げださざるを得なかった。

サマーはすでに跪き、別の工作員の前で両腕を宙にあげていた。ノルサンは立ちあがり、申し訳なさそうにサマーを見つめた。彼女はそれを振りはらい、強い意志をこめた眼差しで捕捉者たちを見すえた。

「なにが欲しいの？」彼女は怒鳴った。彼女の耳は爆風のためにまだ聞こえなかった。

中国人小隊の第三の生き残りは目つきが鋭く濃い革のような肌をしていて、真っすぐ身体を立ててタッシュとアーリエの死体を調べていた。マオは向きを変えると、武器を下げて丘を下った。彼はサマーとノルサンのすぐ前で停まった。

「どこだ……もう一人の男は？」彼は調子はずれな英語で訊いた。

サマーは精一杯「あなたはなんのことを仰っているのかしら？」と言わんばかりの顔をして相手を見つめたが効き目はなかった。一瞬後に、ダークが湖の中心近くの湖面に突如浮上し、彼らに向かって泳ぎはじめた。中国人三人は岩陰に屈みこみ、やがてダークは浅瀬に着いたが、彼はその場で別の工作員二名と鉢合わせした。

ダークは聖像を氷河の端に落とし、それから岩場を横切ってサマーとノルサンの前まで連行された。

「見つけたんだな」ノルサンは息を殺して言った。

「ええ。しかしあそこにあのまま置いておくのだった」ダークはささやいた。「この連中はどこから現れたんです？」

「静まれ！」マオは捕虜たちの横を通って氷河の末端に向かい、屈みこんで聖像をしばらく細かく観察した。彼はほくそ笑み、一枚の衛星画像をバックパックから取り出し、やおらメッセージを送った。つぎに、ありふれた携帯電話で聖像を数枚写真に撮った。その一連の写真を圧縮し、携帯電話を衛星電話に繋ぎ映像を転送した。最後に、マオはその映像を衛星電話経由で上司にアップロードした。

マオが返答を待っている間に、残るコマンド隊員二名はジップタイで捕虜たちを後ろ手に縛りあげた。つぎに、彼らは一人ずつ突き倒して足首を拘束した。マオが依然として携帯電話を見ているので、隊員二名は死んだ仲間の処置にあたり、武器を外し浅い溝に埋めて石で覆った。

彼らはタッシュとアーリエにはそんな心配りを見せなかった。それどころか、コマンド隊員たちは二人の死体を湖まで引きずっていき、彼らのポケットに石をいっぱい詰めこんだ。いっぽうの隊員がある氷塊を指さして、高笑いしながらもう一人になにか言った。彼はうなずいた。

彼らは二人の死体を氷塊の一部に引きずりあげ、氷塊を水中に押しだして湖の中央へ漂っていくのを見つめた。水に浸かった氷はやがて崩れ落ち、二人の死体は深みへ滑りこんでいった。水葬は隊員たちの笑いをさらに呼んだ。

サマーは見るに耐えられず、捕捉者たちを信じられない思いで見つめた。

マオは衛星電話に現れた数通のメッセージに目を通すと装置を片づけた。聖像を持ちあげ、それを捕虜たちのほうへ運んでいき、ノルサンの足許に落とした。「お前はわが政府が重大な関心を寄せている彫像を所持している」

「それは宗教上の遺物で、ナムギャル寺に帰属する」

「おそらく、これには宗教的な遺物以上のずっと大きな価値がある」マオは言った。「お前がわれわれに代わって、それをチベットへ運ぶのだ」

彼は工作員の一人に話しかけた。すると工作員はノルサンのバックパックを空にして彫像を押しこんだ。彼はノルサンを引きずって立ちあがらせ、手と足首の枷《かせ》を切り裂いた。ノルサンにバックパックを無理やり背負わせると、両手を前に出させて新しいジップタイで固定した。

彼はマオに近づいて湖のほうを指し、手短に話しかけた。マオはほかの工作員に声を掛け、一緒にサマーの左右の腕をつかんで背後の氷河のほうへ引きずっていき、湖に突き出ている氷の塊《かたまり》の上に彼女を放置した。彼らはダークにも同じように対処し、サマーの隣に投げだした。二人を背中合わせに坐らせ、別のジップタイで二人の手首を後ろ手に縛った。

「こんな格好、私いやだわ」サマーはささやいた。

「俺たちは無事さ、奴らの気がすめば」ダークは言った。

しかし、中国人たちはまだ満足していなかった。甲高《かんだか》い笑い声の工作員がダークにさらに近づき、ベルトの鞘《さや》からナイフを取りだした。彼はダークのドライスーツを首の後ろから手一杯に握りしめ、横に広く切り裂いた。氷河を離れて小石を抱えられるだけかき集めると引きかえし、小石をドライスーツの背中から落とした。ダークが身体をよじって石を躱《かわ》そうとすると、工作員は肘で彼の頭に一撃を加えた。

湖岸では、マオが苛立《いらだ》たしげな顔をして工作員に急げと怒鳴っていた。彼はダークとサマーの前へまわり、氷の上で跳びはねた。大きなひび割れが片側に現れると、彼はそれが完全に裂けるように位置を変えた。

「なにをしているんだ?」ノルサンは怒鳴った。「そんなこと、やめろ」

彼は駆けよって助けようとした。しかし、マオがそれを阻んだ。突撃ライフルの銃床を振りまわし、ノルサンの腹に叩きこんだ。ノルサンはよろめきながら倒れた。引き裂くような音が彼らの前方でした。彼らがそのほうを向くと工作員が氷河の先端から飛びのき、平らな氷の塊が裂け落ちるのが目に映った。

満足げに声高に笑いながら、工作員が片方のブーツを小さな氷山に当てて、それを湖岸から押し出した。

氷山に坐ったまま一筋の筋肉を動かすのさえ恐れ、ダークとサマーは口もきかずに湖の中央へ漂って行った。

49

ゼンは訪問者を待ちながら、メルボルン号の船橋を行ったり来たりしていた。

「隊長、正体不明の航空機がレーダー上で接近中です」

ゼンはレーダースコープに近寄り、操舵手を脇に押しやった。スクリーン上の小さな点は、急速に北西から近づきつつあった。彼は側面の窓へ向かい目で確かめようとしたが、灰色の雲のために遠いものは総てぼやけていた。

無標識のチャンへZ‐11軽ユーティリティ・ヘリコプターは広東省の沿岸軍事基地を飛び立って以来ずっと、無線封じのために波の上を低く飛びつづけていた。叩きつける向かい風と気まぐれな雨のために飛行は危険だったが、パイロットに飛行計画の選《え》り好みは許されなかった。彼は隣に坐っている大佐をちらと見た。天候に関係なく、南シナ海を探知されずに飛べ、と命じたのは大佐だった。

メルボルン号が視界に入ってくると、汗がパイロットの額を伝って落ちた。彼は降着要請を出してから二度、安全に降りるために船が向きを変えてくれるのを待って旋回した。船のヘリパッドが持ちあがってきた。こんな天候の最中に海上で降着するのはもとより、飛ぶことすら無謀なことは承知のうえだった。

選択の余地はないので、上下するパッドを見つめながら彼はゆっくり下りていった。うねりで船が浮き上がるタイミングを計って彼はエンジンを切った。つぎのうねりが来る前に、機体は降下しパッドを強く打った。

ヤン大佐は降着させたパイロットをねぎらうどころか、ローターが止まるのさえ待たずに側面の窓をさっと開けて飛びおりた。船の揺れのために危うく倒れそうになったがバランスを取り、脇にある昇降階段へ行くとゼンが立って待っていた。

年下のゼンは伯父に敬礼をした。「ようこそ、大佐。こんな天候なので、お見えになるとは思っておりませんでした」彼は不安げな調子で言った。

「無断飛行なんだ、よい折があったので」ヤンがヘリコプターのほうを示していると軽い雨が落ちはじめた。「目下のところ、機密保持が最優先だ。どこがいい、われわれの計画変更について話したいのだが」

「士官室が、サー。こちらです、どうぞ」

メルボルン号の士官室は五つ星のレストラン並みだった。豪華なバーガンディ色の絨毯《じゅうたん》が敷き詰められ、周りの壁には色鮮やかな抽象画が飾られていた。食堂の片側のラウンジには革張りの椅子やソファに加えて、大きなテレビが一台置かれてあった。ゼンはヤンを片隅にある一対の椅子のほうへ案内した。椅子の間の低いテーブルには、海図や書類が並んでいた。

「それで、ゼン」大佐は話しかけた。「この船について君が私に話したことだが、その裏づけは取れたのか?」

「予想以上に」ゼンは答えた。「われわれは船上に一人の科学者を見つけました。実は技術者で、名前はイーと言います。台湾国籍で、国防省で仕事をしています」彼はテーブルを指さした。「これらの物は、彼の特別室で見つけたものです」

ヤンは書類に目を通した。いずれも航海図で島の西沿いの台湾海峡の部分を示してあった。さまざまな海域の海図に、一連の赤い三角形が海岸から三〇キロほど沖まで北から南へ走っていた。

「この赤い印はなにを表わしているのだ?」ヤンは訊いた。

「プロジェクト・ウォーターフォールのために提唱された、海底音響固定超音波ステーションです」

ヤンは曖昧《あいまい》な表情を浮かべた。「プロジェクト・ウォーターフォール?」

「水陸両面からの襲撃に対処するために提唱された防衛手段です。こうした音響ステーションは同調しあって、侵攻する艦隊を破壊する水の滝《ウオーターフオール》を生み出すのです」

「なぜわれわれの情報部はこの件を知らないのだろう?」

「これは厳格な管理下に置かれた計画で、ソーントン氏との協力から生じた、とイーがほのめかしていました。それに加えて、まだ初期の実験段階ですので」

「水の滝ね? まさか本気じゃあるまい」

「われわれはこの船に乗りこんだ際に、その効果を身をもって知りました。彼らはある種の実験中で、われわれに妨害されたので実験を打ち切ろうとした。すると船は大きな波を作りだした。私自身、それを目撃しました」

「ああ、それは君から聞いている。ところでそれはくり返せるのか?」

「イーに確認ずみです」

「そのシステムはいつごろ実用化できるのだろう?」

ゼンは肩をすくめた。「イーはわれわれの最後の尋問中に意識を失ってしまったので」

ヤンの目はすぼめられた。「そのシステムの仕組みを知りたいものだ」

「発明者からあなたに説明させましょう。その男はこの船の設計者です」彼は手持ちの無線機を取りだし、部下の一人を呼びだした。

数分後に、やつれたアリステア・ソーントンが部屋の中に引きだされ、士官二人のそばの椅子をあたえられた。彼はヤンの軍服にちらっと目を向けただけで、ゼンには反発的な表情を見せた。

「大佐殿は」ゼンが言った。「プロジェクト・ウォーターフォールの全概要を知りたがっておられる」

「あなたに言ったでしょう」ソーントンは素っ気ない口調で応じた。「あなたに話す気など金輪際《こんりんざい》ないと」

「思いなおしたくなるだろうよ」ゼンは手持ちの無線機に短い送信をした。

中央のドアが開いて、マーゴットが士官室に入ってきた。その後ろには実はニンが付いていて、彼女の首筋にピストルを押しつけていた。ソーントンは娘が不意に現れたので棒立ちになった。二人は安堵《あんど》と絶望のうちに見つめあい、マーゴットは父親の脇に跪きその手を取った。

「無事か？」ソーントンは訊いた。

マーゴットはうなずき、強いて笑みを浮かべた。

「幸せな再会」ゼンが言った。「そのまま続けたいなら、大佐殿にプロジェクト・ウォーターフォールについて洗いざらいお話しするのだ」

「プロジェクト・ウォーターフォールは……妄想です」ソーントンは床を見つめた。

「まだ全面的に製図板上の段階で、いつ物になるやら見当がつかん」

「しかしあんたは」ヤンが言った。「巨大な海波を起こした、そうでしょう?」

「それを起こしたのは彼です」ソーントンは薄笑いを浮かべてゼンを指さした。

「それならやれるわけだ」ヤンが言った。

ソーントンは渋々ながらうなずいた。「そうだが、正しい場所に、正しい状況の時に居合わせなければ波は起こせない。ここルソン海峡では、まだわれわれがそこにいるとしてだが、きわめて強力な特定の海底海流が存在するから、多重音響信号によって操作しやすくなる」

「操作によって、海底海流を壊滅的な海波として海面へ向かわせることができるのだろう」ゼンはテーブルに載っているファイルを叩いた。「ここでそれを読んだのだ、イーの論文で」

「しかも、この表面波、または津波は」ヤンが言った。「特定の方向へ送りこめるんだな?」

ソーントンが黙っていると、ニンがマーゴットの後ろに近づき彼女の髪をなでた。

「ああ、それが提唱された理論だ」ソーントンは言った。「一連のセンサーが水流を探知する。いったんパターンが突きとめられると、トランスポンダーが一定の振幅で音響波を送りだし水の流量に作用する。十分強力な強さの音響波が送りこまれるなら水流は変えられる」

ヤンは台湾の高雄《カオシヨン》市の南西岸の沖合を収めた海図を改めて手にとった。彼は沿岸の沖三〇キロあまりに並んでいる赤い三角の列を指さした。「この場所……ここなのか、装置が作用するのは？」

「私は……私は知らん」

ニンはマーゴットの髪の毛を片手で握りしめて彼女を引きずりあげ、彼女は鋭い叫び声を発した。ソーントンは椅子から飛びだそうとした。だが、ゼンは彼のシャツをつかみ、その場に押さえつけた。別の隊員が近づき、銃をあげてソーントンに向けた。

「質問に答えろ」ゼンは命じた。

痛くて涙が頬をつたったが、マーゴットはがまんをしてじっと立っていた。

「彼女を放せ！」ソーントンは叫んだ。「残酷な獣どもめが」

ゼンはうなずいた。ニンは腕を下ろしたが、マーゴットの髪はつかんだままだった。

「そうとも」ソーントンは歯を食いしばって答えた。「それは台湾が用意している国

言った。
「では、そこの条件は滝の装置を逆に利用するのにも適しているに違いない」ヤンが
防案の一つだ」
ソーントンは黙って相手を見つめた。
ヤンは海図を指さし、ゼンのほうを向いた。「この船をこの地点へ移動しろ。しか
るべき時間に、われわれは装置を作動させる。しかし波は、反対方向へかならず向け
ること。大きな〝滝〟を台湾に送りこんでやりたいのだ」
「あんたは狂っているのか？」ソーントンは椅子から飛びだした。「あの国の三分の
一を一掃することになるのだぞ。数百万人が命を落とすだろう。そのうえに、第三次
世界大戦を起こしかねない」
ヤンは面白そうにソーントンを見つめ、笑みを浮かべた。

50

サマーとダークが氷の足場の上から見つめていると、中国の工作員の一人がサマーたちのバックパックを湖に投げこみ、ノルサンを引きたてて山腹を上っている仲間に加わった。ノルサンが苦渋に満ちた顔で友人たちをふり返ると、前へ進めと銃口で小突かれた。

「私たちを湖底に置いて行くつもりよ、跡形すら残さずに」サマーが言った。

「信じてくれ」ダークはジップタイと闘いながら言った。「湖底には当分の間、われわれの痕跡《こんせき》は残るはずだ」

「湖の中心に流れつく前に潜ってみたらどうかしら?」

「連中が移動して私たちを狙える射程外に出るのを待っているんだ」ダークは東の湖岸に面していて工作員たちの姿がよく見えていたし、彼らは山腹を二、三〇〇メートル上っていた。「そろそろ試してみてよさそうだ」

「もうすぐ暗くて見分けがつかなくなるわ」サマーは黄昏《たそがれ》が近づき暗さを増す空を見つめた。「私たちの氷山がそれまで持ちこたえてくれればだけど」

彼らの乗る浮氷は広かったが、周りの氷はすでに氷片となって欠け落ちはじめていた。ダークは両足を伸ばしたが、氷塊の端までは届かなかった。ふり返って妹のほうを見た。「こっちへ寄ってくれないか、一、二の三で」

サマーは踵を氷に押しこんで兄のほうへ、彼は前方へ身体を滑らせた。サマーは自分のわずかな動きで氷の足場が揺れたので息をのんだ。片方の端が湖面の下に潜って押し返され、凍てつく水が氷塊を過ぎった。

ダークは咳払《せきばら》いをした。「こいつはなんとも物騒な代物《しろもの》だ」

「どうか岸へ連れていって」サマーはささやいた。彼女の側の大きな氷片が剝落《はくらく》した。

二人が移動したせいで、ダークは両足を水中に垂れることができた。踝を縛りつけられていたが、彼は軽く、しかしぎこちないキックをはじめた。浮氷はゆっくりと北岸のほうへ動きだした。

「文句をいう訳じゃないけど」サマーが話しかけた。「東岸のほうが少し近いようよ」

「そうとも」ダークは肩越しに自分たちが進んでいる方向を観察した。「しかし、北側の湖底の勾配のほうが急じゃない」

「私たちが上陸できなかった場合に？」

「俺たちが上陸できなかった場合に」

大きな氷片が剝落しつづけ、彼らの氷の筏《いかだ》はじょじょに縮んでいった。サマーは氷塊が自分の下で揺れ動くのを感じたし、そのうち音もなくひび割れが生じた。「あそこへたどり着くのは難しそう」

氷塊は移動するにつれて徐々に沈みこみ、やがて彼らは八センチほどの水の中に坐りこんでいた。サマーは凍てつく水に恨み言をいったが、ダークはドライスーツが裂けているのにまだ耐えていた。また氷が裂けて落ち、ダークは縛られている脚を精いっぱい蹴った。水につかった氷塊は以前より安定していたし、小さくなったせいで移動が早まった。しかし、長続きはしなかった。

岸まで一〇メートル以内に達したとき、氷の台座が彼らの下で二つに割れた。ダークとサマーは氷河湖に飛びこみ、湖面の下に姿を消した。

＊　＊　＊

東斜面の八〇〇メートルほど上で、彼らを氷塊の上に載せた工作員が勝ち誇るように叫び、甲高い笑い声をあげた。

ノルサンは立ちどまってふり返り、募る暗さをすかして湖を見つめた。人を宿さぬ二つの氷片が、ひろがる水の輪の中央で浮き沈みしていた。

「彼らの魂よ安らかなれ」彼はつぶやき、またきつい丘を登りはじめた。

51

凍てつく湖水は無数の凍った針さながらに、サマーの肌に突き刺さった。彼女は喘ぎ、反射的に水中で息を吸おうとする本能と闘った。彼女は怒り猛りながら、拘束が解けないかと強く蹴った。低温ショックに彼女は襲われていたし、衝動に負けたら一分以内に溺れ死ぬことを彼女は心得ていた。心臓は動悸《どうき》を打っていたが、強いて自分をリラックスさせようとした。長年にわたって、冷たい水中でダイビングしてきたのが役に立った。

彼女の背後では、神経をかきむしる苦悩は妹ほどではないにせよ、ダークも似た経験をしていた。冷たい湖水がドライスーツの背中の切り口から流れこみ、背中に入れられた石に重みを加えていた。しかし断熱スーツなので入ってきた水はそのまま保持され、間もなく水が彼の肌に温かく感じられるようになった。それより、サマーを湖底へ自分と一緒に引きずりこんでしまったことのほうが気がかりだった。さもなければ、彼女は今も浮いていて、水を蹴っておそらく岸に向かえただろう。

彼は不安を精いっぱい無視して、近づいてくる岩だらけの湖底に神経を集中した。深さは四、五メートルほどで視界は澄んでいた。突き出ている岩が二つ目に留まった。共に沈んでいきながらも、彼は手前の岩の上に出られるように行動した。チャンスは一度きりだった。彼は身体を引っぱったりよじったりして、妹を背中側にまわして岩と一列に並ぶようにした。

一緒に湖底へ沈んでいきながら、ダークは左右の足を伸ばし、両脚を岩の突起へ向けて開いた。脚の内側の端が岩を擦《こす》ると、膝を曲げ全体重を掛けた。脚を締めあげているプラスティックを引き裂くために力を入れ、ありったけの力を絞って岩に打ちつけた。

その衝撃でジップタイの接続箇所が切れた。左右の足が離れて両脚が岩を跨《また》ぐ格好になったので、ダークはなんとか直立状態を保てた。彼らはチャンスに恵まれた。サマーの身体が彼の背中にぶつかった弾みで、彼の両足が前方に振りだされた。彼は屈みこんで、サマーが背中合わせに自分の上に乗れるようにして湖底を歩きだした。

彼らは浅い場所まで六メートルほど歩いた。陸ではほんの数秒で終わる距離だった。しかし水中では、空気がないうえに、岩の斜面を妹を背負い、ドライスーツには石が入っているとなると話は別だった。

彼は水の抵抗と闘いながら、よろめきつつ前進した。冷たさに労力が重なり空気が切実に求められた。だが、両手を後ろ手に縛られているので、バランスを取るのがいちばん難しかった。どこかの岩のところで止まって、脚でやったように手首の拘束を断ち切ろうと考えたが、時間がなかったし失敗は許されなかった。

彼はサマーが自分と同じく、体調さえよければ強い泳ぎ手であることを知っていた。天気の良い日に、エアなしで水中に二、三分留まることなど二人にとってストレッチにもならなかった。しかしダークは潜水のためすでに疲れていたし、薄い高地の空気のために押しひしがれそうだった。

背中には、サマーがずっしりと重かった。それに水は凍てつく冷たさだった。妹が低音ショックに痛めつけられたのは分かっていた。まだ意識があるのだろうか？　溺死《できし》してしまっているのでは？

そうしたさまざまな不安が、アドレナリンの噴射を促した。ダークは決然と前へ進んでいった。彼は幅の広い岩をつまずきながら通りすぎ、見通しのいい斜面に出て突進を続けた。彼の頭は万力《まんりき》で絞めつけられているようだったし、彼の心臓は胸から飛びだしそうだった。湖面がすぐ頭上に見えた。つぎの瞬間、彼はざわめきを感じた。サマーが先に湖面を割ったのだ。彼はさらに数歩よろめいてから水の上に顔を出し、喘ぎながら山の冷たい空気を吸いこんだ。しばらく言葉が出なかった。薄い空気がゆっくり彼の体内の空気を補ってくれた。

「君……は……だいじょうぶ？」彼は改めて岸のほうを向きながら、ようやく声をかけた。

サマーは生きていた。彼女は必死で空気を求め一段と音高く喘いだ。彼女はなにかつぶやき返したが、ダークには歯のかたつく音しか聞きとれなかった。

それでも屈みこんで、ダークは妹を湖から運びだし、水際の大きな石に倒れこんで休んだ。空は藍色《あいいろ》に染まった。夕暮れが辺り一帯に忍び寄っているのだ。ダークは山腹を見あげた。斜面の二キロほど上を上っている四人を、辛うじて地を這うアリのように目撃できた。

彼は向きを変えて、足許のいくつかの石を見つめた。「サマー、われわれの手首の枷を外さねばならん。輪の内側を強打してみる。助けてもらえるか？」

なにやら肯定に近い反応が、彼女の震える唇から返ってきた。

ダークはまっすぐ立って妹の体重をささえ、足を引きずりながら近くにある先の尖《とが》った岩に向かった。そのほうに後向きに近づくと、彼は声をかけた。「その上に、一、二の三で腰を落とそう」

彼はすばやくしゃがみこんだ。サマーは全体重をかけてそれに倣った。それぞれに両手首をジップタイできつく絞めつけられていたが、二人は緩く繋がれているに過ぎなかった。彼らが腰を下ろしたので岩の先端が輪にぶつかり、二人の体重によって輪は押し下げられ断ち切られた。

サマーは岸辺に転がり、ダークは跪いた。彼は岩のほうに後ろ向きに起きあがり、残っている手首の結び目を鋸歯状の縁にこすりつけて切り裂こうとした。一、二分後に、手首を岩の中央の上に持ってきて、手首を左右に引っぱりながら勢いよくしゃがみこんだ。二度目で、ついにジップタイは裂けた。左右の腕を身体の前へ持ってきて手首をさすりながら、中国人たちがもっと強力な結束を使わないでくれて助かったと安堵した。

彼はふり向き、妹を立たせてやった。彼女の姿にショックを受けた。唇は青く、抑えようもなく震えているし、ふだん明るいグレイの目が生気を失っていて遠い眼差しになっていた。彼女は命取りになりかねない低体温になりかけていた。

「がんばれ、おい、お前を暖めてやるから」ダークはドライスーツを脱ぎ、岩場に置いた。サマーの両方の手足が縛られているので、彼はスーツを妹に掛けてやることしかできなかった。彼女には協力して拘束を解く体力がないので、ダークは妹の胸元で袖を結び、フードを頭に被らせて、少しでも体温をあげようとした。

はやく乾いた衣服を着せて、暖めてやらねばならなかった。マッチと乾いた衣服はどちらも二人のバックパックの閉めた袋に収まっているので、今は水中にあっても乾いたままで残っている可能性があった。しかし、バックパックを湖から回収して火を熾す間、サマーが耐えきれない恐れがあった。

それでも、選択の余地はなかった。ダークは立ちあがり湖の東の外れへ駆けだし、自分たちのバックパックを見つけた。しかし立ちあがろうとした際に、西の湖面上のなにかが彼の目をとらえた。軽い霧が湖の手前の狭い部分にかかっていた。ダークは一瞬見すえ、そして微笑んだ。それは霧ではなく水蒸気だった。地下の温泉から吹き出ているのだった。

「来るんだ、サマー、またひと泳ぎするぞ」彼は妹を立ちあがらせた。彼女はぶつぶつと逆らったが、ダークは妹を肩に担ぎあげ、湖へ運んでいった。

一〇メートルほど西で、ダークは湖に入っていった。刺しこむ氷のような冷たさではなく、熱帯さながらの暖かさに出迎えられた。もっと暖かい場所を湖岸沿いに探しまわり、やがて妹を水中に下ろした。彼は妹の靴とジャケットを脱がせて湖岸へ投げだし、ドライスーツを丸めて背もたれ代わりに彼女の下に押しこんだ。少しの間、彼女を一人にして岸にあがり、地面を探して鋭い角のある花崗岩《かこうがん》を一つ見つけた。彼は引きかえし、妹の手首と踝の結束を擦り切った。

手足が自由になったので、サマーは温かい水中に楽に横になれるようになり、湖水が顎をひたひたと打っていた。たちまち彼女の顔色はよくなり、眼差しは明るくなった。

「温かいバスを楽しんでいるといい」ダークは声をかけた。「二、三分で戻ってくる」

彼女は感謝の視線を兄に向けた。「ドラゴンの息吹だわ」彼女はつぶやいた。

ダークは深まる暗さの中、湖岸の東の端へ向かった。スウエットパンツとサーマルシャツをドライスーツの下に付けていたが、どちらもいまや水浸しで、湖から吹きつける冷たい風に彼は震えた。しかしいちばん気がかりなのは足だった。ドライスーツはブーツが造りつけなので、彼はソックスしか履いていなかった。足の指は麻痺《まひ》してしまい、足の裏は岩だらけの湖岸を歩きまわったために赤剝《む》けになっていた。

ありがたいことに、脱いで岩の間に押しこんでおいたハイキングブーツが目に映った。彼はソックスと衣類を脱ぎすて湖水に分け入った。ドライスーツの保護がないので、刺しこむ氷のような冷たさに見舞われた。

彼はサマーのバックパックを浅瀬に見つけ、岸へ引っぱって行き、束の間であれ水から逃げだせてほっとした。足や脛《すね》は水中に戻ったときにはすでに麻痺していた。彼は自分のパックを探しあて湖岸へ引っぱって行きながら、苦痛に悪態でもつきたいところだったがなんとか我慢した。パックを掻きまわすと、内側の仕切りに水はほとんどついていなかった。彼は濡れていない衣類に包まってジャケットを着込み、さらにウールのニット帽をかぶった。

乾いているブーツに手を伸ばし、周りをとび跳ねて身体を暖めた。血がまた巡りはじめたと感じ、丘を登ってタッシュとアーリエが殺された場所へ向かった。チベット人たちは奇襲を受けた時、お茶を沸かす準備中だった。ダークはチベット人たちが集めてバックパックで運んできた、乾いた薪の束をしっかり手にとった。彼は自分のパックを空にして薪を詰めると、それを片側の扉に、サマーのパックを反対の肩に背負った。彼は闇を衝いて湖岸沿いに戻った。つまずいたのは一度だけで、ブーツを履いているので歩行ははかどった。

サマーは疲れてはいたが反応はあり、耳が冷たいと訴えた。ダークは近くの湖岸を探して、周りを大きな岩石に囲まれた低地に渓谷を見つけた。風からよく守られていたし、東の斜面から隠れている利点があった。

ダークが見あげると、頂近くに固定した数個の灯りが認められた。中国人たちも野営しているのだ。明日チベットへ脱出する気に違いない。

ダークは渓谷に飛びこみ、石の窪みを作りあげ、パックから取りだした薪にマッチで火をつけた。火を煽《あお》って大きな炎が生じると、彼は湖へ引きかえしサマーに手を貸して温水から出してやった。サマーは衣服から湯気を立たせながら覚束《おぼつか》なげに数歩歩き、やがて自力で移動しはじめた。

「温水は素敵だった。離れたくなかったわ」衣服が冷たくなったので、彼女の歯がカチカチと音をたてた。

ダークは妹を焚火のもとへ連れていった。その場所で彼女は乾いた衣服に着替え、炎の際に腰を下ろした。ダークはすでに彼女のブーツとジャケットを干しておいたし、お茶のポットは沸いていた。

彼は予備の食料品を掻きまわし、米と玉ねぎをスパムの缶詰と一緒に料理した。サマーはたちまち元気になり、焚火で髪の毛が乾くと震えもとまった。

「彼らはノルサンをチベットへ連れていってしまったのかしら？」彼女は訊いた。

「それは無い」ダークは立ちあがり、東の山腹を指さした。「少なくとも、まだ無い。彼らは稜線に近い高地でキャンプを張っている」

サマーは立ちあがり、兄について渓谷の端へ行った。彼女は視線を上げ、山の高みにある小さな灯りを目撃した。「彼らなの？」

ダークはうなずいた。

「彼らはノルサンと聖像を押さえている」サマーは言った。「彼は残りの人生をチベットの刑務所で朽ちさせることになるんだわ。彼を取りもどしに行かなくちゃ」

ダークは妹を見つめた。「君は低体温で死にそうだったのだぞ」

彼女は兄の腕をつかみ握りしめた。「もう大丈夫。やってみなくちゃ。やらなくちゃ」

ダークは妹の目に決意の色を見てとった。そして、山中の点滅する灯りを見つめた。

「いいだろう。俺たちにできることはそれに尽きるようだ」彼は言った。「やろう」

52

キャンプファイアーの最後の残り火が、朝の三時にふっつりと消えた。ダークは妹が寒気で目を覚ますのを待たずに小突いて起こした。

「まだ山登りをするつもりはあるかい？」

「ええ」彼女は答えた。「ずいぶん楽になったわ」

ダークはキャンプバーナーで一杯ずつお茶を沸かし、それと一緒にトレイルバーを流しこんだ。十分に元気を取りもどしたところで、二人はバックパックを背負い、静まり返った湖岸沿いに歩を進めた。斜面のはるか上、稜線近くには、もう黄色い灯りはなかった。

「彼らはまだあそこに居るのかしら？」

「ああ。灯りはしばらく点いていたから」

湖の東の岸から、彼らは過酷な山登りをはじめた。澄みきった大空に恵まれた。星と昇る弦月が天空を銀色に照らしだしていた。ただし、一点の雲も宿さぬ夜空のもたらす凍てつく寒さはあまり嬉しくなかった。サマーは両手をこすり合わせた。彼らは尾根に出る急な斜面を登りはじめた。ほんの数分きつい登りをつづけただけで、彼女の身体は暖まり鼓動が弾んだ。

二人は無言のまま登った。どちらかが立ち止まって数分の間息を整えたい時にささやきかける以外は。認めたくはなかったが、湖での試練によって彼らは体力の半分以上を吸い取られてしまっていたし、高地での酸素を求める闘いには切りがなかった。しかし、ノルサンの命とネチュン寺聖像の回収のために、彼らは自分たちの苦痛を無視して取りくんでいた。

彼らは南へ向きを変え、氷河沿いに進んでいった。本当は氷河自体を上りたいところだった。そのほうがトレッキングとしてやさしいはずだった。しかし彼らは、白い氷の上の黒っぽい二つの人影が見咎められやすいのを警戒していた。中国人たちが見張りを立てる必要性を感じないでいてくれることを願ったが、それに命を懸ける気にはなれなかった。

彼らのペースは高く登るにつれて遅くなった。疲れに加えてできれば敵に秘かに接近したいためでもあった。頂から一〇〇メートル足らずの地点に至って、車ほどの大きさの岩の陰で一休みした。ダークはその脇から覗きこんだ。中国人のキャンプは稜線のすぐ下にあった。テントが二つ狭い尾根に張ってあったが、その岩場にはほかに何もなかった。

「彼ら……あそこに居るのかしら？」サマーが激しい息遣いの合間に訊いてきた。

「ああ。二人見える」

「だれか見張っているの？」

「それは分からないが、きっとだれか起きているはずだ」彼はバックパックを下ろし、改めて状況を観察した。「左のほうが岩だらけで、隠れ場所が多そうだ。そっちのほうへ縫うように登り、上から近づいていこう。われわれのパックはここに置いて行っていいだろう」

彼はパックを開けて、小さな折りたたみ式ナイフと、石突きのついた太いステッキを取りだした。

サマーはその二つを見つめた。「それはなんなの？」

「トマホークさ。君が眠りこんでから作ったんだ」彼は真夜中にもう一度湖の周囲をめぐって、タッシュとアーリエのピストルを探した。いずれも中国人たちに持ち去られたのは明らかだった。そこで、彼は自分の武器を作った。頑丈な棒切れを見つけ、片方の先端を慎重に切り裂いて楔形《くさびがた》の石を押しこみ、バックパックの紐《ひも》で石の上下を縛りつけた。しっかり固定していれば、接近戦の立派な武器になってくれる。

サマーは手製の武器に感心はしたが首をふった。「お見事。だけど私たち銃撃戦に棍棒《こんぼう》と石を持っていくのね」

「榴弾砲でも持っていくさ、もしも手許にあれば」彼はトマホークを妹にわたし、自分はナイフを手に握った。「行こう」

ほぼ三〇分がかりで、二人は稜線に達した。横へ移動してから、岩場のルートを経てキャンプ地の左手に向かった。彼らは稜線の頂沿いに這いずってから、キャンプ地を見下ろす小さな窪みに下りていった。こんどは縁へにじりより、無言のまま下を見下ろした。

キャンプ地は静まり返っていた。風を受けてテントの側面がはためいているだけだった。テントの脇には、バックパックが数個岩に寄せてあって、それがわずかに人の気配を伝えていた。双子の兄妹はたっぷり一〇分キャンプを観察したが、動きらしい気配は見られなかったし、誰かが見張っている気配もなかった。

ダークとサマーは窪みの中で身をかがめた。

「誰も見当たらなかったけど」サマーはささやいた。

「俺もだ。みんな眠っているのならいいが」ある不安が彼の頭を過ぎった。隊員たちはすでにキャンプ地を捨て、空路で山脈を脱出してしまったのでは？　しかし二人はヘリコプターの音をまったく聞いていなかった。

「彼を救い出すにはどうしたら良いかしら？」サマーは訊いた。

「俺は連中のバックパックをさぐって武器を探す。もしも何も見つからなかったら、テントの一つの側面を切り開き、ピストルに望みを託す――あるいは、彼らの一人を人質にとる」ダークは掌のナイフを握りしめた。「君にはテントの裏側をカバーしてもらおう」

　サマーはうなずいた。計画と言えるほどの代物ではなかったが、彼らには選択肢がほとんどなかった。中国人たちは日の出とともにノルサンを引きたててチベット国境を越え、保安隊員を補強できる。彼らはいま打って出るしかなかった。

　サマーは兄に従って秘かに斜面を下り、二張りのテントの数メートル手前で立ちどまった。テントは肩を寄せ合うように立っていた。

　ダークはつま先立ちでテントの横を通り抜け、岩石の縁に置かれたバックパックへ向かった。彼はノルサンのパックを最初に見つけた。その重さから、まだネチュン寺の聖像が収まっていることが分かった。パックを下ろしている時に、彼の足許で衣《きぬ》擦《ず》れの音がして、突然の動きが目に留まった。岩石の陰の、バックパックの背後の地べたに何者かが黒っぽい毛布をかぶって眠っていた。

ダークは片膝をついて毛布の端をしっかりつかんだ。片方の手で毛布を剝《は》ぎとり、もう一方の手でナイフを突き出した。彼の手は凍りついた。ノルサンだった。彼は横向きに寝ていて、左右の手足を背後で一緒に縛られて地べたに繋がれていた。

寝不足の眼差しでノルサンは見あげ、ナイフを振りかざしているダークの姿にショックをあらわにした。

ダークは微笑み返しながらナイフを下ろし、ジップタイとロープを切り落とした。ノルサンは寝返りを打って慎重に立ちあがり、手足の血行を取りもどそうとした。

誰も一言も口にしなかったが、彼らのかすかな衣擦れは聞き咎められずにすまなかった。

ダークとルノサンはふり返った。手前のテントのほうで物音がしたのだ。一人の中国人がフラップから頭をつきだした。ピストルを握っていた。彼は二人を見すえ、呻きながら撃とうとしてピストルを構えた。

テントの反対側からサマーが飛びだし、中国人目がけてトマホークを振りまわした。コマンド隊員は彼女が近づく音を聞きつけ、ふり向くことでなんとか命拾いをした。

トマホークの先端の石の塊は隊員の頭骨を掠《かす》め、木製の柄が頭上部に激突した。その瞬間に、彼は引き金を引いた。弾丸はダークとノルサンの頭上高く逸れ、山脈に木霊《こだま》した。隊員は地べたに崩れ折れ、血まみれの頭を抱えこんだ。

サマーはトマホークを振りまわした弾みでよろめきながら飛びだし、テントの柱を蹴り倒した。テントは隊員の上に崩れ落ちた。サマーは体勢を立てなおし走りだした。

「ここから逃げましょう」彼女はダークとノルサンの横を猛然と走り抜け、上り坂に向かった。

男たち二人は急かされるまでもなかった。ダークはノルサンの聖像の入っているバッグをひっつかみ、一緒にサマーを追いかけだした。しかしノルサンはわずか一、二歩踏みだしただけで、地べたにへたりこんでしまった。

ダークは彼の片方の腕を持って引っぱりあげた。「ぐずぐずしちゃいられませんよ」

「脚のせいさ。しびれているんだ。どうか……私抜きで行ってくれ」

ダークはその頼みを無視して、大柄なチベット人を斜面沿いに引っぱりあげた。ノルサンはベストをつくし、半ば這いずり半ば走った。脚の血がうずいた。

彼らの背後の別のテントで罵《のの》り声がした。懐中電灯が点き、その光が斜面を走査した。光はダークとノルサンを捕らえた。彼らは頂に達したところだった。その一瞬後に、自動火器の炸裂音が夜の静寂《しじま》を引き裂いた。

彼らは地面へ飛びこんだ。一連の銃弾が二人の足許近くの土に弾痕《だんこん》を印した。彼らはいざって前へ進み、稜線の頂を乗り越え反対側へ転がりこんだ。彼らは平らな段丘で滑りながら止まった。そこは自分たちが以前にキャンプを張った場所だ、とダークは気づいた。

サマーは彼らのそばに駆けより、手を貸して二人を起こしてやった。「さあ。私たち山腹を下りて森林限界線内に入っていかなくちゃ」

「とても間に合いそうにない」みんなでその場を離れようとするとノルサンが言った。脚の感覚がゆっくり痛みをともなって戻りつつあったが、身体を動かすのにはあと二、三分休みが必要だった。

サマーは彼の腕を引っぱって行動を促した。「私たちが協力するから」

ダークは彼の反対側に立った。彼は下り斜面を見ていなかったし、いまにも武装した中国人たちが現れる頭上の稜線も見ていなかった。そうではなく、彼は西を見つめていた。低い稜線がウイスキーと名づけた峰に連なっていた。

「ああ、彼の言う通りだ」ダークは言った。「われわれは誰一人、生きて森林限界に達することはできないだろう。しかし、もっと速く下る方法がありそうだ」

53

無傷の工作員二名が一分ほど経ってから稜線にたどり着き、南斜面を見下ろした。彼の連れマオはピストルと懐中電灯を持って立ち、岩だらけの山腹を照らしていた。彼の連れは突撃ライフルを携え、夜間ゴーグルを装着するのに手を焼いていた。

ゴーグルなど必要なかった。ダーク、サマー、それにノルサンは自分たちの居場所を合図していたから、姿ではなく、音によって。

氷河の端の、稜線の上のほうでした金属音を工作員たちは聞きつけ、マオは懐中電灯をそのほうへ向けた。

五〇メートル足らず先に、懐中電灯の灯りがノルサンの姿をぼんやりと捉えた。彼は地面にうつ伏せになった。その両側にダークとサマーはしゃがみこみ、ノルサンを引きずって岩場を横切っていた。

マオは二人が大きな金属板に伏せているノルサンを引っ張っていることに気づくの

一瞬手間どった。金属板は強い軋《きし》みを発していた。マオは彼らのほうへ踏みだし、不慣れなピストルを二発撃った。彼は同僚のほうに向きなおった。「さあ、奴らを捕まえたぞ」

C-47の翼端はほとんど軽量のアルミニウムでできていた。下側の表面は原形を留めており、ノルサンが乗っているので余分な荷重が掛かっているのに、岩場の上を抵抗なく滑った。しかし、ダークとサマーは息切れ状態で、喘ぎながら移動し続けた。

二人はペースをあげた。銃弾が二発、呻りを発して頭上を飛びさったのだ。

「どうやら……彼らは……私たちに停まってほしいようよ」サマーが息を切らしながら言った。

ダークは斜面にちらと目を走らせた。「氷河までわずか六メートルほどだ。ちゃんと行けるとも」

翼端の手ごたえが突然ひどく軽くなった。ノルサンが表面から滑り下りて立ちあがろうとしていた。「そのまま進んでくれ」彼は言った。「脚はだいぶましになった」

ダークは走るように翼端を引っぱりはじめた。サマーは遅れを取らないように反対側で頑張った。金属板は氷河に近づくにつれて、まるで黒板に爪《つめ》をたてたように、岩だらけの地表で軋みを発した。あとは狭い渓谷が氷河までを隔てているに過ぎなかった。と、ダークとサマーが揃って渓谷の急な縁に足を取られて転げ落ち、翼端が二人に覆いかぶさった。

見るからに痛々しげによろめきながら、ノルサンはすこし遅れて二人に追いついた。彼は渓谷に踏みこみ、翼端の根元をつかみ反対側に押しあげた。ダークとサマーはすぐさま立ちあがって、翼端を渓谷から氷河の氷の上に乗せるのに協力した。

サマーは氷原に飛び乗り、這い上るノルサンに手を貸した。ダークはその直後に身体を引きずりあげた。運んでいたノルサンのバックパックの中の聖像の重さが応えた。頂のほうに目を転ずると、踊っている懐中電灯の光と工作員二名のおぼろげな姿が認められた。彼らはごく近くに居たので、ライフルを携えているほうが銃を構えるのをダークは見てとった。

「みんな伏せろ」彼はサマーとノルサンを氷に押しつけた。

中国人のライフルが一瞬後に吠《ほ》えたて、ひとしきり銃声が斜面を走り下った。銃弾が彼らの横の翼端の周りに刻み目を縫いつけた。

銃撃が途切れるなり、ダークは翼端の端へ駆けより、それを押して雪に覆われた斜面を滑り下ろそうとした。「乗るんだ」彼は翼端が速度を増すと言った。

ノルサンは急いで一歩踏みだし、外側から翼端の上に倒れこんだ。サマーは前方に飛びだして金属製の橇《そり》を押しだすのを手伝い、橇のスピードが出はじめると飛び乗った。ダークは数秒遅れで後を追い、サマーを自分とノルサンでサンドイッチにした。

銃声がまた稜線の頂ではじけた。こんどはピストルと突撃ライフルの両方だった。しかし、いまや脱走者は高速で移動する標的であり、氷の世界を黒っぽい染みとなって、懐中電灯の視界を滑走して通りすぎつつあった。工作員は二人とも弾倉を空にしたが、なんの成果もなかった。

山の上部斜面はとりわけ急なので、その場しのぎのアルミニウムの橇は加速して恐ろしいほどの速度に達した。サマーは胃の腑《ふ》が、ローラーコースターで落下するときのように沈みこむのを感じた。真ん中に横になっていたので、彼女は身を護るために、翼の曲面状の先端を握りしめるしかなかった。地表からわずか数センチ上に頭を先にして乗っているので、スピードが何倍にも感じられた。サマーは目を閉じた。顔を襲う氷の粒の礫《つぶて》を避けるためもあったが、それ以上に恐怖のせいだった。

スピードが増すにつれ、氷河の表面の裂け目や溝が翼端を揺さぶり小突きはじめた。浅い窪みのところで、翼端は宙に飛んだ。着地した瞬間に、三人とも危うく投げだされそうになった。サマーは支えを失ってしまったが、ノルサンが彼女のコートをつかんで元の場所へ引きずり戻してくれた。

彼らは氷河の縁を滑り下りていった。左側の露出した岩場は危険なほど間近に迫っていた。ダークは数センチずり落ちて両脚を後ろの端からはみ出させ、指先を氷に突きたてようとした。山腹は急すぎて、さほど減速する役には立たなかったが、彼がひきずっていた足は舵柄《だへい》さながらに、いくらか方向を指示した。彼は右足を端まで伸ばして押しこむと、翼端がわずかながら右を向いた。その体勢を維持していると、やがて翼端は氷河の中央のほうへ向きを変えたので、側面の岩場へ至る死の突入は回避された。

氷河は下るにつれて狭くなり、傾斜もゆるくなった。スピードの恐ろしさは和らいだものの、依然として氷の上を疾走しており、稜線はたちまち背後に遠のいた。彼らはほどなく森林限界線に達した。灌木が、つぎに高木が唸りをたてて両側を飛びさった。

氷河はまた狭まり、ふと気づくと彼らは狭い渓谷の真ん中を滑り落ちつつあった。彼らはボブスレーに乗っているように前後にゆさぶられているうちに、渓谷は起伏する斜面へ移行した。彼らの下の氷は急に落ちこみ、束の間だが前方に氷河を目撃できた。夜間の視程は一〇〇メートル足らずで、そんな距離は一瞬のうちに走り抜けてしまう。

しかし、それだけあれば、翼に乗っている者たちに命運が尽きたことを知らせる間は十分あった。黒々とした樹木の壁が彼らの真正面に現れた。

54

エアホース・ツーが台湾南部にあるカオチュン国際空港に夕暮れ直後に降着した。ボーイングC‐32ジェット機は地上滑走をして、とある私人の格納庫の前で停まった。そこには小規模な車列が待機していた。来客を出迎えるファンファーレも台湾の高官の群もなく、米国在台湾協会《AIT》の会長で、事実上のアメリカ大使である彼と、その副官が数人待機しているにすぎなかった。それは正にサンデッカー副大統領が要請してあった到着時の姿であった。

サンデッカーが携帯した防衛協定書はすでに大統領の署名ずみで、それが中華人民共和国との関係に軋轢《あつれき》をもたらすのは必至だった。そのためにサンデッカーは、出迎えは控えめにするよう依頼してあったのだった。台湾の総督との内密な調印式は、アメリカ海軍の戦艦上で午前十時に、メディアの詮索《せんさく》を遠く離れて行われる予定になっていた。

「ようこそ、中華民国へ、副大統領閣下」ＡＩＴの理事長がジェット機の無蓋タラップを下りてくるサンデッカーに挨拶《あいさつ》した。

「また会えてなによりだ、ハンク」サンデッカーは握手した。「報道陣を締め出してくれたようでありがとう」

「連中はあなたが午前中に桃園《タオユエン》国際空港へ飛来すると思っているんです」彼はウインクしながら言った。「式典は誰も気づかないうちに終わることでしょう」彼は滑走路の先を指さした。「ここから埠頭《ふとう》まで車でほんの一走りです。待機中のテンダーボートがあなたを戦艦ジョンソンへご案内いたします」

「われわれは途中で寄り道をしたいのだが、もしもよければ」サンデッカーはふり返ってローレン・スミスとルディ・ガンを紹介した。二人はサンデッカーに続いてタラップを下り終わっていた。

「結構ですとも」理事長は答えた。「レストランに寄りたいのですか？　ホテル？」

「外れ」サンデッカーは微笑んだ。「乾ドックだ」

小さな車列が近くにある民間の殺風景な造船所に入っていき、大きな乾ドックの前で停車した。カレドニア号が空のバスタブの中の玩具の船のように湾の水位の上に持ちあげられ、何十基もの天井照明にまばゆく照らしだされていた。溶接工が火花を飛ばし、痛めつけられた船腹の周りでたち働く作業員たちの声が響いていた。

ガンは先導役を買い、ひんやりとした風にコートの襟を立て、舷門を探しあてサンデッカーとローレンを船内に案内した。船橋には人影がなさそうだったので、彼は海底作業センターへ向かった。

センターは忙殺されていた。大型ビデオボードは通常海底からのデータを掲示しているのだが、衛星画像とレーダー気象情報に埋めつくされていた。どのワークステーションも人で埋まっていて、ステンセス船長をふくむ数人がスクリーンのそばに立って話し合っていた。話し声が静まり返った。合衆国の副大統領がセンターに入ってきたことにじょじょに気づいたのだ。

ステンセスは進み出て一行を迎えた。「ようこそローレン、副大統領閣下。ここでルディに会えるとは思っていなかったよ」

「最近の捜索状況について知りたいのだが」サンデッカーが言った。

ステンセスはみんなの眼差しに気がかりな様子が覗えた。とりわけローレンの瞳に。彼女はワシントンからのフライト中一睡もしていないようだった。

「われわれは探索の現状を知りたい」サンデッカーが言った。

「天候がなんとも波乱含みでして」ステンセスは答えた。「ご承知の通り、台風並みのうねりがこの一帯を通過したために、地方の捜索航空機はすべて地上に留まり、われわれの衛星データの大半は明確さを欠いた。ようやく沖縄からP-3オライオン一機に、この午後に飛び立ってもらう運びになりました。もう一機、台湾空軍機にも飛んでもらいます。遺憾ながら彼らは、肝心の潜水箇所の上空で日中に作戦行動を展開したことがあまりありません」

「テンダーボートは目撃したのか？」ガンが訊いた。

ステンセスは首をふった。

ローレンは彼の目を見つめた。「それで、潜水艇は？」

「こちらも同様でして。あすの朝には、新たに捜索を開始します、天候もよくなりましたので。どちらの船も嵐のためにはるか遠くへ飛ばされかねなかった」彼は勇気づけるつもりで言った。「われわれは捜索範囲を確実に広げていきます。海軍は三隻《せき》派遣ずみです。重要な戦力になってくれるはずです」

「そばにいた別の船はどうなった？」ガンが訊いた。

「メルボルン号？　あの船もあの場を去ったのは明らかですが、現在どこにいるのか確かなことは分かりません。あの船は民間船舶追跡システムが故障したようです、珍しいことですが」

「台風で沈んだのでは？」

「いえ、それはないと思います。現にわれわれは、ハイアラム・イェーガーがちょうど今ごろあの船を見つけているんじゃないかと思っています」ステンセスはあるワークステーションに近づいた。「イェーガーが送ってくれた衛星画像を取りだしてくれ」彼は担当者に言った。

ぼやけた一個の映像が、雲にひどく覆われた海原を映したスクリーン上に現れた。黒っぽい線状の物体が写真のいちばん上の端を移動していた。

「自信はありませんが、あれはあの船のような気がします」ステンセスは言った。「もしそうだとすると、あの船は台湾の北西を航行しているようです。少なくとも数時間前には」

「ありうるだろうか」サンデッカーが訊いた。「ピットとジョルディーノがあの船に乗っている可能性は？」

「可能性はつねにあります。ですが、カレドニア号が沈没の危機にあった時点では、メルボルン号はもっと敵対的だったようです」

「船を出して見つけだしてくれ、天候が許ししだい」サンデッカーは言った。彼は誰にも増してピットやジョルディーノと親しかったので、二人の消息不明には動揺していたが、それを表には出さないよう努めていた。「必要な手段はすべてそろっているのか？」

「はい、閣下。われわれは海軍と台湾軍部と協力しております。いずれの部署も全力を尽くしております」

「私はこの船に留まって手伝います」ガンは言った。「なにか分かりしだい即刻お知らせします」

「よろしく頼む」サンデッカーは向きを変え、ローレンの手を取った。「われわれの海軍の施設へ参りましょう。少し休まれたほうがよさそうだ」

ローレンはうなずきサンデッカーに従ってドアへ向かったが、一瞬ためらった。「探索を止めないでくださいね」彼女はガンとステンセスに言った。「彼はどこかにいます、私には分かるんです」

彼ら二人はうなずいた。ローレンが立ちさると、ガンは船長のほうを向いた。「確かな望みがあるのだろうか？」

ステンセスはゆっくり首をふった。「さして望みは持てないのでは」

「では、サンデッカーの勘にしたがって」ガンは言った。「メルボルン号の所在を突きとめることからはじめよう」

55

氷河は鋭く左へ折れてから山腹を下っていた。翼端をあやつって曲がり角を切り抜ける術《すべ》はまったくなかったし、ダークにはそれが分かった。彼は両方の足の指先を氷に突きたてて、翼端のスピードを落とそうと虚しくあがきながら、ほかの者たちに警告を発した。「飛びおりる準備をしろ」彼は叫んだ。「前方に木立」

星明かりを受けて、前方の氷河の氷は銀色を帯びたブルーで、背の高い松の黒い尖《せん》塔《とう》に縁どられていた。顔を氷と風に叩かれて涙を流しながら、ダークは自分たちの道筋を観察した。氷河が左に向きを変えたとたんに、黒いカーテンが彼らの前方を過ぎった。

「いまだ！」彼は叫んだ。

サマーが真ん中に挟まれているのは分かっていたので、彼は妹のコートをつかんで向きを直させ、自分の上に乗せて翼端から転げ落ちた。氷河の表面は硬く、彼は猛烈な速度で滑りつづけ、サマーは彼の上で大の字になっていた。

ダークは横向きに落ちたので、二人一緒に氷河の表面をこすりながら落下する彼のジャケットの襟首から氷の粒が吹きこんできた。彼は精いっぱい脚を氷に突きたてたが効果はなく、凝縮した表面はびくともしなかった。

翼端は彼らの前方で、表面を削り取りながら速度をあげていた。氷の粒が吹きあげる煙幕のために、ノルサンが跳んだ場所の見極めがつかなかった。ダークには彼がどうなったか考える余裕がなかった。樹木の壁が真正面に現れた。ブーツをいっそう強く突きたてた。サマーも同じことをしている音が聞こえた。二人は速度を落とすために必死で闘った。

すぐ前で、翼端の擦れる音が途切れた――つぎの瞬間、雷鳴さながらに衝撃音が轟いた。翼端が木立に飛びこんだのだ。その音に急かされてダークは片方の肘を氷河に押しこみ、自分たちの落下速度をさらに遅らせようとした。だがそれでは十分でなかった。

ダークとサマーは氷河の外れで盛りあがった堤に突っこみ、氷河の端を跳びこえた。数秒、彼らは闇のなかを飛んだ。地表へ突入する直前に、彼らは灌木の中を転げながら通りすぎ、小さな若木の上を飛び、一本の太い白樺にぶつかって止まった。彼らはスピードが落ちていたせいで、翼端の運命をたどらずにすんだ。翼端はずっと遠くの背の高い松の防御柵《さく》の中に突入した。

ダークはしばらくじっと横になったまま、疼《うず》きや痛みを数えながら息を整えた。

「大丈夫か?」彼はやがて訊いた。

「ええ」サマーはゆっくり立ちあがった。「あなたはとても良いクッションになってくれたわ、聖像が当たって痛かったけど。あれのせいで背骨を折られそうになったわ」彼女は背中をなでさすり、手を貸してダークを立たせてやった。

「無理を言うな、おれのパンツの下側は氷河なんだ」ダークは左右の脚をふった。「われわれの友人はどこだ?」

サマーは東を向き近くの茂みを見わたした。「ノルサン?」彼女は叫んだ。「彼を探すのを手伝って」彼女はダークに話しかけ、茂みの中に分け入っていった。

二人は翼端の残骸へ近づいていった。それは太い二本の松の根元に転がっていた。激突して押しひしがれた金属板は、脱出策を講じたダークの判断の正しさを裏づけていた。しかし、ノルサンはどこにも見当たらなかった。彼らは二手に分かれて、氷河のほうへ逆にたどっていった。

サマーは低い灌木の中に大の字になっている彼を見つけた。彼が手をあげたので、サマーは駆けよった。「テンジン、怪我したの？」彼女は暗闇の中で傷の明らかな痕跡を探した。

「ええ」彼は身体を起こして肘をついた。「頭を岩に打ってしまいました、滑り降りて氷河から逸れたときに」上半身をしっかり立てて側頭部の瘤《こぶ》をこする。「あなたやダークは無事でしたか？」

「私たちは無事です」ダークが近づき、二人に加わった。

「聖像を持っているでしょうね？」

ダークは身体をひねってバックパックをいまも背負っていることを示した。顔の向きを戻す際に、ノルサンの左腕に黒っぽい血痕があることに気づいた。

「負傷したんだ？」

「古傷の傷口が開いたらしい」

「見せてみて」サマーは彼に手をかしてジャケットとセーターを脱がせてやった。先に上腕三頭筋に受けた銃創から血がしたたり落ちていた。当ててあるガーゼに彼女は掌を添えた。「あたらしい包帯と変えたほうがいいわ」

「救急箱が私のバックパックの外側のポケットに入っているはずです」ノルサンが知らせた。

ダークはパックのジッパーを開いて小さな箱を見つけた。サマーはそれを受けとり消毒クリームを塗ると、新しい包帯をノルサンの腕にしっかり巻いた。

「ありがとう」ノルサンは彼女の手際のよさに感心した。「まるでプロ並みだ」

「スリル好きの兄のお蔭《かげ》で、ずっと実地訓練を重ねてきたので」

「歩けますか？」ダークが訊いた。

「ええ。脚はもうしっかり動いてくれています」立ちあがったときは足許が危なげな感じだったが、やがて地表をしっかり踏みしめ回復ぶりを裏づけた。

ダークは氷河を見あげた。ちいさな灯りが一つ、氷河の頂で揺らめいていた。「われわれは友人たちとの間にしっかり距離を置かなくてはならん。ご意見は？」

「連中は喜ばないだろうね」ノルサンは先頭に立って氷河のほうへ戻りはじめた。「彼らはわれわれをここまで尾行《つけ》てきたに違いない、ダムブンから……ないしはガントクから」

「妙だと思うのだけど」サマーが言った。「彼らは私たちが聖像を見つけた時点では、あの正体を知らなかったようなのだけど」

「私もあの工作員の言葉が気になっているんです」ノルサンが応じた。「あの聖像には宗教上の遺物としてだけでなく、彼の政府には貴重な価値がある、と言っていた」

「われわれは推論を耳にしている」ダークが知らせた。「彫像はトクチャーという物質からできており、中国人たちが実際に求めているのはそれではないかと言うのだが。紛れもなくきわめてまれな高耐熱性を備えており、そのために軍治的な利用価値があるらしい」

ノルサンは遠い灯りを見あげた。「彼らが軍用価値ありとみなしているのなら、どんな手段を弄《ろう》してでも手に入れようとするだろう」

誇り高いチベット人は向きを変えて氷河を下りはじめた。ダークとサマーはすぐ後ろからつづいた。彼らは一時間ほど歩いてから、バックパックの底を掻きまわして取り出した一本のトレイルバーを分かちあい、ボトルの水を半分飲んだ。彼らは疲れはてていたが、足を休めるつもりはなかった。彼らは着実かつ慎重に下りつづけた。

夜明けの曙光《しょこう》が大空を染めはじめた。彼らは氷河が終結し渓流が発している地点に達した。西側の堤にわたり、さきに分け入った際の自分たちの足跡をたどりながら凍てつく流れに沿って下っていった。

サマーは一時間ほど後に心救われる思いをした。太陽の温かい光が山の頂越しに広がりだしたのだ。見覚えのある地表は一段と早く過ぎゆく感じで、ほどなく彼らは高い茂みを横切ると自分たちのバンの裏手に出た。

「誰か忘れずにキーを持ってきてくれているといいのだけど」サマーは岩に腰を下ろして一息いれた。

ノルサンは自分のズボンのポケットに手を突っこみ、鍵の束を取りだした。束をジャラつかせ、サマーにそれをわたした。「あなたが運転したほうがいい。私のまともな腕は片方だけなので」

このやり取りの間、ダークはバンの後ろに停まっている四輪駆動車を見つめていた。調べるために彼が近づいていくと、ノルサンがその後を追った。

それはトヨタ・フォーチュナーSUVで、インドで生産されたベージュ色の車だった。使いふるされていたが、新しいオフロード・タイヤに取り替えられていた。運転手側の窓越しに、ダークは新式の送受無線装置がダッシュボードの下に取りつけられてあり、センターコンソールには中国語のラベルの空の煙草ケースがひとつ載っているのを確認した。

ダークはうなずいた。「これはわれわれの追跡者たちの車のようだ」

ノルサンが後ろのドアの取手を引っぱると意外にも開いた。彼は頭を中にいれ、ダークのほうを向いた。「あんたの言う通りのようだ。こいつを見てくれ」

ダークは中をのぞいた。大きな白いドローンが一機、後部シートに置かれてあった。

「サマーが唸り音を聞いたと言っていた、われわれが歩きはじめた時に。彼らはわれわれの足取りをこれで追っていたに違いない」彼はノルサンにうなずいた。「これは間違いなく彼らの車だ」

彼は折りたたみナイフを取りだし、後部タイヤの側面に突きたてて、エアを噴出させた。

ノルサンは笑みを浮かべながら、フロントタイヤに同じことをくり返した。「さぞかし連中はハイキングを楽しむことだろう」ノルサンはそう言うとバンへ向かった。

サマーはすでにエンジンを掛け、バンの向きを変え終わっていた。ダークは後を追いはじめたが、躊躇してトヨタへ引きかえした。後ろのドアを開けると、ドローンとその制御ボックスを取りあげ抱えこんだ。

サマーはバンを彼の脇に寄せ、後部座席に乗りこむ兄を呆《あき》れ顔で見つめた。「玩具を盗もうっていうの？」

「そんな」ダークは答えた。「ただ、人に跡をつけられるのにうんざりしただけで」

56

破壊されたSUVをバックミラーの中に残して、サマーはダムブン定住地を走り抜けて西へ向かった。舗装していない道はがら空きで、ラチュン川の小さな橋をまた渡り、同じ名前の町へ向きを変えた。開けた土地を南へ走っていると、彼らの後方でバタバタという大きな音がした。

「ヘリコプターだ」ダークが後ろの窓から外を覗いた。「低く飛んでくる」

バンは回転翼の後流に揺さぶられた。ほっそりとした緑色の迷彩ヘリコプターが唸りをあげて高速で彼らの頭上を低く飛んだ。ヘリはバンの一〇〇メートルほど先へ飛びだし、速度を落としてゆっくり弧を描いて向き直った。

ヘリの全体があらわになった。ノルサンは胴体の赤いステッカーに気づいた。五つの星を黄色い帯が囲んでいた。「中国のだ！」彼は言った。

CAICZ‐10は中国の新型攻撃ヘリコプターで、対戦車戦用だった。縦にならんだ操縦士二名が、フィアス・サンダーボルトの名で知られている細身のヘリを操縦する。その火力は、ヘリが宙でバンクするとはっきり見てとれる。30ミリ機関銃の銃身がひとつヘリの顎から突き出ていて、対戦車ミサイルがずんぐりとした胴体の中ほどまで伸びている左右の翼の下に吊るされている。ヘリは道なりに添って、バンに正面から向かった。その意図は明白だった。

サマーはブレーキを踏みこみ、ホイールをスピンさせて濃い土煙を巻き起こした。バンがスライドし回転しはじめると、さらに向きを変えブレーキを放した。バンのフロントは弾んで路肩を飛びこえた。彼女はフルターンをしてバンをまた砂利道に乗せ、反対方向を向かせた。アクセルを強く踏みこんだ。

「隠れなくちゃ」

「そのまま」ダークが後ろの席から言った。「前方に木立がある」

バンは下りの九十九折《つづらおり》にさしかかった。ヘリコプターの副操縦士はレーザーサイトの狙いを定め、対戦車ミサイルを発射した。ほっそりとした発射体は轟音《ごうおん》を発してヘリコプターの胴体を離れたが、わずかに逸れてバンの側面の高台に着弾した。耳を聾する爆発にバンは揺さぶられ、石の礫や砂利が降りそそいだが、機体の損傷はなかった。吹きあがる土煙が束の間だが、サマーに貴重な煙幕となってくれた。彼女はバンの速度をあげた。

白いバンはスプリングの上を走っているようにでこぼこ道で弾んだ。後部座席にはシートベルトがないので、ダークは頭を窪みごとに天井にぶつけた。彼の背後ではタイヤレバーが台座からはずれて、バンの後ろで音をたてはじめた。ダークは後ろへ手を伸ばして自分の隣に引き寄せた。このうえサマーの気を乱すものは無用だった。

開けた牧草地を曲がりくねりながらあと五〇メートルほど行くと、道は両側を松並木に囲まれた狭い下り坂になっていた。

「あの木立ちを目指せ」ダークは命じた。「彼らを振りきることはできないが、木立ちに隠れることはできる。最初の木陰で止まれ」

サマーはうなずいた。彼女は車を無事走らせることに全神経を集中していた。手の甲はハンドルを握りしめているために白く光り、バンは無理強いに異常なスピードで曲がり角を走り抜けた。ダークとノルサンは高い松並木を見つめ、ヘリコプターがまた発砲する前にたどり着けるかと息を殺した。

ノルサンはサマーの顔に緊張の色を見てとり、彼女の膝を軽く叩いた。「あなたは気の強い人だ」

こんな時に妙な言葉のように思えたが、望ましい効果をもたらした。サマーは気持ちが少し楽になったし、集中力が強まった。彼女は前方の道を見つめながら、頭の中では別の状況を思い描いていた。木立を見通せるように、彼女は森の中の安全な場所にいるバンをまざまざと描き出していた。

彼女の背後では、ヘリコプターの操縦士たちが土煙が収まったのを見届け、バンが依然として埃をまきあげながら高速で道を走っていることに気づいた。

「はずれだ！」操縦士がヘッドセット越しにぼやいた。

「もう一発、再標準」副操縦士が言った。

操縦士は操縦桿を調整し、スロットルを入れ、土煙を突き破って前進した。いまやバンをはっきり目撃できた。眼下の道を曲がりくねりながら疾走していた。それに、松の並木も見えた。しかし、バンを破壊する障害にはならなかった。しかし彼は、バンを止めた後に降着して、手早く聖像を回収しなければならないことも心得ていた。バンを放牧地で停止させるのがベストだった。迅速《じんそく》に行動できるはずだ。

彼は一〇〇メートル以内に接近し、副操縦士に別のミサイルの始動を命じた。

「標的確保」副操縦士は伝えた。

操縦士はバンが松並木にさしかかったのを視認し命じた。

「発射」

57

バンが木立の最初の列を越えたとたんにサマーはブレーキを踏みこみ、オートマチック・トランスミッションをパーキングに入れた。車は横すべりしながら砂利道を過ぎった。彼女は叫んだ。「みんな下りて！」

ダークはすでに側面のドアを開けていた。ドローンとタイヤジャッキは手許にあったので車外に押しだし、ドアから飛びだした。足運びと機敏な反射神経が幸いして彼はうまく着地し、バン沿いに走りながらバランスを取りもどして、木立の中に逃げこんだ。

ノルサンはすぐ後ろについていた。一瞬後に、バンは速度を落とし跳びはねた。彼は地べたに身体を投げだし、二度転げてからはずみで立ちあがり、ダークの後を追った。彼が木立間近に迫った瞬間に、ミサイルが炸裂した。

彼らは恐らくみんな命を落としていたろう、サマーが突然ブレーキを掛けなければ。

そのせいで分厚い砂埃の壁が立ちあがった。ヘリコプターの副操縦士はバンの姿がぼやけたので躊躇した。上官の命令に背きたくなかったので、操縦士の命令に応じてバンが判然としないまま土埃にミサイルを撃ちこんだ。

彼の狙いは少し低く逸れた。ミサイルはヘリコプターから噴出して大地を撃ち、バンの後輪のすぐ後ろで爆発した。

その轟音にダークとノルサンは耳を聾《ろう》された。彼らは降りそそぐ雑多な断片を浴びながら、地べたに身を投げだした。爆風でバンはひっくり返り、火柱に包まれて前方へ転がっていった。

ダークはふり返り、土煙と炎を透かしてサマーを探した。彼は道の反対側の木立を見つめたが、そこに妹はいなかった。胸を締めつけられた。彼女は道にうつ伏せになっていた。燻《くすぶ》っているバンの六メートルほど後ろに。彼女は無傷で吹き飛ばされたが、地べたに投げだされた時に膝をひねってしまった。歩けないので、木立まで這いずっていこうとしていたのだった。

ダークが立ちあがろうとすると、腕をつかまれるのを感じた。

「私が彼女を連れてきます」ノルサンはダークを後ろへ押しもどし、跳びあがってサマー目がけて走った。

彼女を見つけたのは彼らだけではなかった。Z‐10は標的を探し出すために接近し、どちらの操縦士も、木立めざして這いずっている彼女を発見した。

「仕留めろ、三〇ミリ砲で」操縦士は命じた。

副操縦士は機首に搭載の、ヘッドセットの動きに同調して向きを変える機関砲を起動させた。彼が狙いを定めようとすると、サマーが立ちあがって走りだそうとした。彼女の右膝が崩れ落ちたが、ノルサンがどこからともなく現れて彼女を支えた。彼らは一緒に跳びはねながら近くの木陰へ向かった。

「奴も片づけろ」操縦士は命じた。

彼はホバリング中の機体を逃げる二人のほうに向けたが、その彼の動きのために副操縦士が狙い定めた発砲が逸れてしまった。機銃掃射が大地に食いこみ、二人の足許を襲った。副操縦士は発射を続け、狙いを修整した。サマーとノルサンは太い松の陰に逃げ場を見つけた。

機関砲はしばし音高く発射を続け、樹皮や木片をシャワーさながらに噴きあげた。やがて機関砲は静まり返った。副操縦士は弾丸を撃ちつくしたのだ。

「奴らを見つけたのか？」操縦士は副操縦士の肩越しに木立を覗きこんだ。彼は繁みの上空を飛んだが、誰も見当たらなかった。

「ミサイルを二発、奴らの居場所にがっちり送りこもう」彼は言った。「その上で降着。HJ‐9装塡《そうてん》」

彼はヘリコプターをバンクさせ、路上で再びホバリングした。すぐ近くでバンが炎上していた。

地上では、ダークが一本の木の蔭にしゃがみこんでいた。ヘリが不意に彼のほうに向き、輪を描きはじめた。サマーとノルサンは道から数メートルにある、松の木立の陰に潜りこんでいた。彼らがヘリコプターから見届けられる恐れはなかったが、中国人たちは辺り一帯に銃撃を続けていた。

ダークは木立の中を数メートル駆け抜けて、ヘリコプターの真後ろへ回った。二、三メートル先の道の際にドローンが転がっていた。バンから彼が投げだしたのだ。彼は這いずって近づき、ドローンと制御パネル、それにタイヤジャッキをつかみ取った。彼は路肩のヘリコプターの後部のほうへ引きかえすと、ドローンを下ろした。それは大きな耐久型装置で、幅ほぼ六〇センチあって四基のローターを備えていた。ダークはタイヤジャッキをドローンの底の固定カメラと降着装置との間に押しこんだ。つぎに、這いずって木立の中に戻り、ドローンを作動させた。

タイヤジャッキの重さが加わったのに、ドローンはたちまち浮上した。ダークは以前にドローンを飛ばしたことがあったので操縦の心得はあったが、ハンドルを操作する感覚を取りもどすのに一、二秒かかった。

空を切る大きな音が頭上で鳴りわたった。ヘリコプターの左翼のポッドからまたミサイルが発射されたのだ。

ミサイルはサマーとノルサンが隠れている場所から二〇メートルほどの地面に突入した。爆裂に大地は揺さぶられ、木々の太い枝や破片が空高く飛び散った。ダークは二人が無傷なことを見届けた。だがそれは、ほんの一瞬のことだった。パイロットはヘリコプターを道沿いに移行させ、またホバリングさせた。ただし今回は、サマーとノルサンの真正面で。

ダークはドローンを上昇させてヘリコプターと並列させ、大型機のモーターの後流背後の下方に移動させた。ヘリが停止しホバリングをすると、ダークはドローンをZ-10機の上空に急上昇させた。

操縦士は標的を見つめた。「もう一発、装塡発射」

副操縦士より少し高い席についている彼は、目の片隅で何かを捉えた。ふり返ると、頭上を黒っぽいものが飛んでいた。よく見るとドローンと分かり驚いた。首をひねりながら見ていると、ドローンは尾翼のずっと上まで昇り、つぎの瞬間まるで石ころのように急降下した。

彼は尾部ローターペダルを踏んで尾翼を逸らそうとしたが、彼の反応は遅すぎた。その結果、彼の視界の外で音がした。ダークがドローンを尾翼部に誘導したのだ。

その中国製ヘリコプターの尾翼ローターは合成物質製で、軽い破片や小型火器の衝撃になら耐えられるようになっていた。ローターはドローンのプラスティック製のフレームを簡単に食いちぎったが、やがてタイヤジャッキとぶつかった。分厚い金属製の棒はローターブレード四枚のうち二枚をむしりとり、残る二枚も削《そ》ぎ落とした。断片はスピンして、ヘリコプターの安定を維持する尾翼部に切りこんだ。

水平安定力を失ったために、Z‐10機はスピンを起こした。操縦手はその動きを抑えようとしたが、低い高度でホバリング中だったので彼に勝ち目はなかった。ヘリは高度を失い旋回しながら前進した、やがて回転主翼が木立を切り倒した。Z‐10は前のめりになり、機首から地表に激突した。

機上者生存の可能性は消え失《う》せた。副操縦士は装填したミサイルの発射ボタンの上に倒れこみ、ミサイルは地中で炸裂した。

その結果生じた火の玉はバンの二倍以上あった。ヘリコプターの燃料やその他の武器類が爆発を煽った。何度となく衝撃波が木立を突き抜け、黒いキノコ雲が頭上に立ち昇った。

撃ち砕かれ飛散する主回転翼の破片がいったん地中に突入し終わると、ダークは反対側の木立で立ちあがった。飛来した破片で受けた脚の傷口をぬぐい、道を渡った。サマーとノルサンがほどなく林から現れ、脚を引きずりながら道に出てきた。

「踝か？」ダークは訊いた。

「膝なの」サマーは答えた。「バンから飛びだしたときにぶつけたの。逆でなくてよかったわ」

彼女はまだくすぶり続けているバンのほうを向いた。三人は向きを変えて、安全な距離からヘリコプターの状態を観察した。見るほどの物は残っていなかった。機首と胴の前半は、墜落とミサイルの爆発のために跡形もなかった。エンジン本体は溝の中で燃えていて、尾翼の大半は無傷で道の中央に転がっていた。

「あんたの玩具は貴重にして死神でもあることを実証した」ノルサンが言った。

「まさにあの装置を使って、彼らはわれわれを渓谷の上まで追跡し、最終的にはあなたの同僚たちを殺した」とダークは応じた。

サマーは彼らの足許近く転がっていたパネルに描かれた、中国の赤い星を指さした。

「彼らは別のを送り込んでくると思う？」

彼女の問いに対する答えは数秒後に返ってきた。灰色のジェット戦闘機が二機、轟音もろとも低空を飛びさった。彼らは一瞬輪を描いた。ダークは垂直尾翼に煌めく緑、白、それにオレンジ色の帯を目撃した。彼は片方の腕をあげて振った。「インドの戦闘機だ」

ロシア製のSU‐30二機が数分旋回しているうちに、軍用トラック一台に続いて軽ユーティリティ・ビークル一台が音高くラチュンからの道を走り下って停止した。兵員六名が重なるようにトラックから下りてきて、ヘリコプターの周りを取りかこんだ。小隊の指揮官は細身の中尉で、彫りの深い目をしていた。彼は小型車から出てきて異国人三人に近づいていった。

「皆さんはどういう方で、ここで何をしているのです?」彼は慎重な口調で訊いた。

「私たちは山中のハイキング帰りで、ランチに立ち寄ったのです」ダークが答えた。「このヘリコプターがどこからともなく路上のごく低い所を飛んできて、私たちの車にぶつかった。あなたたちのですか?」

インドの士官はまじまじとダークを見つめた。「身分証明を拝見します」

「遺憾ながら、われわれのパスポートとビザはバンの中です」

中尉はノルサンを見つめた。「あなたはどなたです?」

「テンジン・ノルサン。中央チベット行政府の者です、ダラムサラ市にある」

「ずいぶん遠くから」彼は一段と細かくノルサンを観察した。「私は行政府の人たちに仕えています。あなたは軍人ですか？」

「国家警護隊員です」

インド人は額にしわを寄せて目を逸らした。彼は警護隊が特殊エリート部隊であることを知っていた。彼は燻っているヘリコプターを数分調べてから、バンを観察した。彼はきびきびとした足取りで三人のほうへ引きかえした。

「どうやらあなたのバンは北へ、山の中へ向かっていて、その時に傷められたようだ」

「ひどいショックでした」ダークは薄笑いを浮かべて言った。

「誰か中国国境を越えましたか？」彼は各人の反応を確かめた。三人とも否定すると彼はうなずいた。「みなさんをガントクまで乗せてあげましょう。あそこで片づけたいこともおありでしょうから。ついて来てください」

彼が軽トラックに向かうと、ノルサンが彼を止めた。「待ってください。われわれは重要な物を携えていたんです」彼は相槌《あいづち》を求めてダークを見つめた。

ダークは首をふり地べたを蹴った。「あれをバンに忘れてしまったよ」

ノルサンはバンに向かって歩き、残る二人は後からついていった。車は押しひしがれ煙っており、外側は黒く焦げていて内部はまだ燻っていた。助手席側は損傷がいくらか軽微な感じで、チベット人は後ろのドアに近づいた。そのドアはダークが脱出したあと閉めたままだった。

横に引いて開けようとすると、三〇センチほど動いただけで歪《ゆが》んだ金属にぶつかって止まってしまった。車内には、ほとんど何もなかった。座席のクッションは焼失してしまい、むき出しの骨組と黒ずんだスプリングが取り残されていた。シートバックが壊れてはずれ、床に落ちていたが、それを除くと後部座席には何もなかった。

ノルサンは焼け焦げた青いストラップの残りを引っ張り出した。それは彼のバックパックのストラップだった。彼はそれを持ちあげて二人に見せた。「これしかない」

ダークは首をふり、ノルサンを押しのけて、中を覗きこんで自分で確かめた。後部座席にはなにもなかったが、前部の床はそうではなかった。ダークは床に転がっているシートバックの端をつかんだ。触れるとまだ熱かったが、すばやくつかんで脇へ投げだした。

ノルサンとサマーは開いているドアに近づき、中を覗こうとした。その瞬間に、二人は凍りつき言葉を失った。インド陸軍の将校が彼らの肩越しに覗いたのだ。

「それはなんです?」彼は訊いた。

床にまっすぐ立っていて、火炎地獄に磨きたてられでもしたようにまったく無傷で輝きを放っていた。その問いに、ネチュン聖像は自ずから答えていた。

58

武装したコマンド隊員二名は、ピットとジョルディーノをメルボルン号の後部へ連行した。二人は彼らを後部ブロックハウス沿いの一対の鋼鉄のドアの前で停まらせた。手前のドアは鋼鉄板製で、ドッグハンドルが鎖でバルクヘッドフックに繋がれていた。右手の二番目のドアは黒っぽいガラスの舷窓付きで、南京錠《ナンキンじょう》が掛かっていて鍵が差したままになっていた。

コマンド隊員たちは仲間内で話し合ってから右手のドアを選んだ。片方が錠を外してドアを開け、もう一人がライフルの銃口で小突いてピットとジョルディーノを中に入れた。

ドアが彼らの背後で音高く閉められ、つづいて鍵の掛かる音がした。ピットは隊員たちが歩き去るのを少し待ってから、内側の取手を試して自分たちが閉じこめられたことを確認した。

ジョルディーノはドアの枠を手でさすり、照明のスイッチを見つけてひねった。頭上の薄暗い蛍光灯が唸りながら点灯する前から、彼には臭気で自分たちがどんな場所にいるのか分かっていた。塗料の五ガロン入りドラム缶が十本以上、さまざまな刷毛《はけ》や小ぶりな缶などといっしょに、部屋の後ろの壁に積み重ねられていた。

「塗料倉庫」ジョルディーノはドラム缶の一つに腰を下ろした。そのわずかな動きに、彼はニンから受けた打撲のために呻いた。「これって、最低じゃないか？」

「船底のビルジ、じゃないか」ピットは応じた。「少なくとも俺たちは壁の色を塗り替えられる。かりに退屈したなら」

「塗料のガスのために死ぬとなると、中国の奴らが俺たちのために企んでいる消し方よりはまだましかもしれん」

「肋骨《ろっこつ》はどうだ？」ピットは部屋の中を歩きまわって調べあげながら訊いた。塗料の缶の上にダクトテープの分厚いロールを見つけ、それをジョルディーノの膝の上にひょいと落としてやった。

「痣になっているが折れてはいないようだ」ジョルディーノは肋骨にテープを巻く考えを拒否した。「息をすると痛むだけだ」

ピットは倉庫の在庫を数え上げた。「塗料の容器一ダース、ケロシン一缶、それにダクトテープ」

「あまり役にたたんな、鋼鉄製の箱から抜けだすのには」ジョルディーノはテープをピットに投げ返した。

「つまらぬダクトテープであろうと、不可能はなし」ピットは言った。

彼はドアに目をやって照明を消し、顔を舷窓に押しつけて外側のデッキを見つめた。視野のなかに誰もいなかった。また点灯すると、ダックとテープを数枚切りとり、舷窓に貼《は》りつけてガラスを覆ってしまった。

「あんたにはプライバシーが不足しているのかね？」ジョルディーノは訊いた。

ピットは首をふった。「砕けるガラスの音が耳障りだから」彼は金属製の塗料容器を一つ持ちあげ大きな輪を描いた。ドアのほうへ踏みだすと、容器の底を覆われた舷窓の中心に投げつけた。ガラスは一撃を受けて音をたてて割れた。テープの端をていねいに剝がして、叩きわられた舷窓をぜんぶ一か所に寄せあつめた。

それを片方に寄せようとしていると、ジョルディーノが笑いを浮かべた。「あんたなら立派な盗人になれる。あいつがまた錠に鍵をさしたまま行ったと思っているんだ？」

「常に望みを」ピットはテープの束で舷窓から残っているガラスをぬぐい取り、開口部から頭を突き出した。

舷窓は大きいので、開口部から頭やあるいは腕と肩を出すことはできたが、両方一緒という訳にはいかなかった。外が暗くなっていたので、ピットは錠の下側を見届けることができなかった。頭を引きこめると腕を伸ばしてドアの取手の辺りをまさぐり、南京錠のほうに指を走らせた。鍵はなかった。錠を引っ張るとしっかり掛かっていた。

ピットは部屋のほうをふり向いた。「お手あげだ、こりゃ」

「やってみる価値はあった。少なくとも、塗料やケロシンのガスから解放された」ジョルディーノは開口部から吹き込んでくる風を感じた。

「ケロシン」ピットはくり返した。

彼はあらためて舷窓から頭を突き出し、ドアの蝶番《ちようつがい》を上から見ていった。蝶番は二つあって、両方とも手が届きそうだった。側面の枠に取りつけられている鋼鉄製のドアには下向きのボルトが二本備わっていて、どちらも隔壁に溶接された分厚い二枚の蝶番に収まっていた。頑丈なナットがボルトを蝶番の底に固定していた。

ピットは部屋の中に引きかえしてケロシンの缶を一つ取りあげ、それを舷窓に向けて持ちあげて大きさを計った。縦になら通り抜けられるのを確認するとキャップを外し、開口部から缶を突き出した。手の甲の感触を頼りに、缶をドア沿いに滑らせて上の蝶番まで下ろしていき、液体をボルト、蝶番、それにナットにふりかけた。同じことを、下の蝶番にもくり返した。

石油の分留物の一つなので、ケロシンが古い装置に溶剤や潤滑剤として使えることをピットは知っていた。彼は三〇分待った。見張りの一人が、舷窓のガラスがないことに気づかずに通りすぎた。そこでピットは、またふりかけた。缶に蓋《ふた》をしてぼろ切れで包むと、ハンマー代わりにして両方のナットに打ちつけた。コマンド隊員が近づいてくるのではと、彼は手を休めた。しかし、船のどこかでくり返し軽い物音がしているだけだった。

「そいつで揺さぶりを掛けられると思っているんだ？」ジョルディーノはピットがケロシンの缶を下ろすと訊いた。

「船はそれほど古くはない。そこが付け目さ」

「この辺りにレンチは見当たらん。ほかの道具類にしてもそうだが」

ピットは微笑んだ。「君は頼りがいのあるダクトテープを忘れている」

彼は腕を広げてテープを引きちぎり、横向きにていねいに三度折って蝶番のナットの幅にそろえた。片方の端に同じ幅の短いタブを、粘着面を表にして垂らした。ナットをぼろ切れできれいにふき取ると、ドアからテープを伸ばしていった。手さぐりで上の蝶番をとらえると、ナットの側面にテープの粘着性の先端を巻きつけた。

折り重ねたテープを時計回りに数度ナットに巻きつづけ、しっかり固定した、舷窓から両手を伸ばすとテープの遊んでいる端をつかんで引っぱった。

テープは持ちこたえたが、ナットはぴくりともしなかった。ピットは何度か試してから、ケロシンの缶をあらためて取りだし、ナットにまた叩きつけた。もう一度テープをつかむと、もう一度引っぱった。こんどは、少し手ごたえがあった。テープが単に延びたのか自信がなかったので、もう一度テープをナットに巻きつけて引っぱった。ナットのよじれを彼ははっきり感じとった。

鋼鉄製の固定具は徹底的に抵抗したが、重ねて引っぱっているうちにボルトの末端まで力が作用し、指でボルトのねじを抜けるまで回し終えた。彼はそれを部屋の中に持ちこみ、ジョルディーノにひょいと投げわたした。「いっちょう終わり、残るは一つ」

「あんたが古いおんぼろ車の修理にさんざん費やしてきた時間が」ジョルディーノが言った。「どうやら役に立ったようだ」

ピットは下の蝶番に取り組んだが、こんどはうまくいかなかった。こっちのほうが遠いため、うまく引っぱることができなかった。しばらく引いたり押したりしているうちに、テープが裂けはじめた。彼は室内へ引きかえし、左右の腕の疲れをふりほどきながら新しいテープのレンチを作った。

「いちど俺にやらせてくれ」ジョルディーノが新しいテープの紐を持ちあげたピットに言った。

「君はあそこに届かないだろう。俺だって苦労しているんだ」

舷窓はジョルディーノより頭一つ分高い程度だった。それで彼は五ガロン入りの溶剤ドラム缶をドアまで引いていって、その上に乗った。テープをピットから受け取り外に腕を伸ばして、下のナットに辛うじてそれを巻きつけた。一つ深く息を吸いこみ脇腹の痛みに怯《ひる》みながら、一声力んでテープを強く引っ張った。

彼は缶から飛びおり手をこすった。テープに擦れて赤く剝けていた。ゆっくり立ちあがった。「いまにも外れそうになっているはずだ」

確かに、ナットは緩んでいた。ピットが圧力をかけ続けるうちに、ナットが下のボルトから外れた。

ピットは身体をすぼめ、二番目のナットを手に室内に戻った。「君がホウレンソウを食っていてくれて助かった」

ジョルディーノがドアに近づき、それを蝶番から持ちあげようとするとピットが手をふって止めた。

「見張りがそろそろ来そうだ」ピットは腕時計をちらっと見た。「彼らは三〇分ごとに回っているらしい」

ジョルディーノはうなずき照明を消した。二人ともドアのそばに立って、舷窓の外を覗いた。ピットの予測通り、黒っぽい制服のコマンド隊員が数分後に通りすぎた。前回と同じように、見張りは荒波に気を取られながら遠ざかっていった。

ピットとジョルディーノは五分経ってから、力を合わせて頑丈な鋼鉄製のドアを蝶番から外して脇にのけた。二人は静かにデッキに出た。人影がないので、ドアを元の場所に戻した。ボルトが音をたてながら蝶番に収まっている時に、ピットはまた軽く物を叩く音を聞きつけた。それは隣の部屋で鳴っていた。

ピットはジョルディーノを止めた。彼はすでに足を踏みだしていた。「アル、第二ドアの奥に何が潜んでいるのか調べてみよう」

ピットは縛りつけている鎖を解き、掛け金を外してドアを開けた。異臭が襲ってきた。痩《や》せこけ三日も経った髭面の男が戸口に立っていて、虚ろな目でピットを見つめた。その手には木箱の断片が握られていた。それを使って隔壁を叩いていたのだ。

彼は目を見張った。ピットとジョルディーノは戦闘服を着ていなかったし、武器を持っていなかった。「誰だ……何者だ？」彼はざらつく声で訊いた。

「捕虜仲間です」ピットは答えた。「あなたたちは何人いるんです？」二十人近い乗組員が床の上に衰弱した状態で横たわっていた。ピットが自分で確かめられるようにした。大半が死にそうだった。

「ここにどれくらい居るんです？」ピットは訊いた。

男は数えようとしたが、頭がぼやけていた。「ほぼ三日、だと思うが。われわれはみんなかなりの脱水状態だ」

ジョルディーノはピットをデッキへ引き戻し、低い声で言った。「彼らは反乱を起こす助けにたいしてなりそうにないぞ」

「ああ。彼らには介護が必要だ、それも早急に」

ジョルディーノは船尾のほうを指さした。「奴らは奇襲に使ったボートをこの船の後ろに曳行《えいこう》している」

ピットは暗い波間に漂う船の影を見つめてうなずいた。「あれを横に持ってこられるかやってみてくれ。ここを抜けだす最高の手ずるになりそうだ」

ジョルディーノはデッキを過ぎって姿を消し、ピットは部屋へもどった。戸口の男は新鮮な空気で生気を取りもどした感じで、茶色の目は明るさを増していた。

「あなたの名前は？」ピットは訊いた。

「チャック・ソンタグ。この船の航海士です。テロリストたちはまだ船にいるのですか？」

ピットはうなずいた。「みんなにできるだけ静かに船尾に集まってもらいたい。手伝ってもらえますか？」

「むろん」

ソンタグは部屋を見まわした。そこはバッテリー、充電器、それに試験装置が納められた倉庫だった。

「立てる者はみんな、立ってくれ」ソンタグが言った。「俺たちはここを出るぞ、みんな。だが、声を出すな。必要な者には手を貸してやれ」

ソンタグは元気そうな者と辛うじて立てる者を組み合わせた。若いが弱り切ったフィリピン人の厨房係《ちゆうぼう》に介抱人がついていなかったので、ピットは起こしてやって彼の肩に腕を掛けた。

ピットは病める集団を船尾方向へ導いた。小さく固まって隔壁沿いに移行して露見を避けた。ソンタグは殿《しんがり》を務め、ドアを閉め、後れを取る者たちを助けた。ピットは船尾ブロックハウスの裏手に着いたので、人質たちを、露店デッキを横切ってスティングレイ号へ向かわせ、その陰で彼らは身を寄せ合った。NUMAの潜水艇は船尾の舷側から数メートルの位置に留まっていたが、依然として揚陸用クレーンに繋がれていて、大きな防水カンバスに覆われていた。

左寄りの少し前方で、ジョルディーノは電動揚錨機《ようびょうき》を操作中で、引き綱でクルーボートを引き寄せていた。ボートが隣に並び、ピットと彼は合流した。ボートの側面が波にあおられて船腹に音高くぶつかった。ピットはボートに飛び乗って船尾索を探しだし、それをジョルディーノに投げ渡してボートを固定させた。

メルボルン号の乗組員たちは小さなグループごとに送り出された。ジョルディーノは下の上下するボートにいるピットに、一人ずつ乗組員を下ろしてやった。操舵室の背後にある天蓋つきの縦長のサロンの両側にはベンチが並んでいて、乗組員全員の収容場所になってくれた。最後の男がボートに下ろされると、ピットは操舵室の屋根に登り、身体を引きずりあげて舷側越しにメルボルン号に乗りこんだ。ジョルディーノとソンタグが物陰に立っていた。

「体調的に、岸まで操船可能ですか?」ピットはオーストラリア人の航海士に訊いた。

「ええ、そう思います。一緒に来ないのですか?」

ピットは首をふった。「われわれはマーゴットとその父親の解放にあたります」

「みなさんのために、私がボートを確保しましょう」

「いいえ、それは危険すぎます。あなたの仲間の何人かは死にそうです。彼らをできるだけ速やかに連れていってやってください。われわれはヘリコプターに乗せてもらいます、ソーントン親子を解放できたら」

「おそらくこうするのがベストでしょう」ジョルディーノが言った。「かなりの距離を漂いもどってから、エンジンをスタートさせるのが」

「あの船とは間隔を十分に取ります」ソンタグは応じた。「ご心配なく」

「彼らはレーダーであなたをキャッチするかもしれないが、陸地はそう遠くはない」

ピットは北東の水平線上の綿状の灯りを指さした。

ソンタグは一人ずつ握手した。「われわれを救い出してくださり感謝しています。グッドラック」

ピットは手を貸して彼をボートに下ろしてやり、ジョルディーノは船尾索を渡してやった。ソンタグは別の乗組員と一緒によろめきながらボートの舳先《へさき》に乗り曳行索を解き、それを海中に投げだした。ピットとジョルディーノに親指を立て、操舵室へ向かった。

ピットが見つめていると、ボートは漂いながらメルボルン号から後退し、闇のなかへ消えていった。ジョルディーノが彼の肩を軽く叩いた。ピットは目をあげた。武装した見張りが左舷デッキを見回っていた。予定より数分早かった。

59

ピットとジョルディーノは舷側の角に全身をさらして立っており、その場に凍りついてしまった。見回りはデッキの前方で、船尾ブロックハウスの近くを悠然と歩いていた。彼が舷側で立ちどまり海を見つめた隙《すき》に、ピットとジョルディーノはそそくさと無蓋デッキを過ぎってスティングレイ艇へ向かい、その底の陰の中に潜りこんだ。

武装隊員は見回りを再開して扇形船尾へ向かい、左舷で足を止めた。彼は向きを変えて船尾を回りはじめ、巻き上げ機のそばで止まった。曳行索のゆるい輪が巻き上げ機のドラムから垂れさがって、デッキを経て左舷の舷側まで延び、舷側越しにだらりと垂れさがっていた。

見張りはベルトの無線機を取りだし、舷側へ近づきながら話しかけ、船の背後の無人の海を覗きこんだ。最初の言葉を発し終わるか否かに、彼がデッキに響く足音を聞きつけふり向くと、背が高く髪の黒い男が自分に向かって突進してくるのが目に入った。

ピットはちょうどふり向いた武装隊員に飛びこんでいった。彼の肩はコマンドの腹部に叩きこまれ、隊員の息は叩きだされた。ピットに抱きすくめられたまま彼は舷側に激突し、二人ともデッキに倒れこんだ。

コマンド隊員は瞬間的に気を失い、なぜかピットの上に転がっていた。彼は身体を起こしてライフルを構えようとした。すると、黒い影が彼の上にひろがった。上を向いたとたんに、ジョルディーノが振りまわした大型ハンマーのようなパンチを顎に見舞われた。彼はデッキに崩れ折れ、ピットは立ちあがった。

「力を貸してくれてありがとうよ」ピットは舷側につかまっているジョルディーノに声をかけた。「大丈夫か？」

彼は身体をまっすぐ伸ばし、右脇腹をさすった。「左の一発を嚙《か》ませるのだった」

船のエンジンの唸りが彼らの足の下で消えさり、船の前部で新たな点灯と人の動きが生じたことに彼らは気づいた。

「こいつをここから運び出したほうがいい」ピットは見回りの後ろ襟をつかみ、ジョルディーノは彼のライフルを拾いあげた。

ピットは意識を失っている男を引きずって潜水艇へ行き、そこで一息入れた。すぐ近くの左舷デッキはまだ静かだったが、男を乗組員たちが閉じこめられていた倉庫へ引きずって行った。ジョルディーノはドアを開けて横にのけ、ピットは男を中に引きずりこんだ。彼はドアを閉め照明をつけ、若いコマンド隊員の無印の制服を調べた。

「君の身長に近いようだ」ピットはジョルディーノに言った。「暗い世界につき合うか？」

「夕飯までに切りあげられるなら」彼はピットにライフルをわたし、見回りの服を脱がせて自分の服に重ねて着こんだ。袖や脛の部分は体形のためにはちきれそうだったが、袖口を折り返すとけっこう身体に合っている感じだった。

ジョルディーノの変身は、見回りの黒いボールキャップを被ることで完了した。

「船橋、それとも船員室？」

「奴らの指揮官が、ソーントンは船員室だと言っていた」ピットは答えた。「そこから始めよう」

ピットは照明を消しドアを開けた。デッキへ踏みだしドアを鎖で閉ざしていると、右舷のヘリパッドで一機のヘリがエンジンを始動している音が耳に飛びこんできた。

「これで、風光明媚《めいび》な帰還旅行は夢幻と化す」ジョルディーノはぼやいた。

「連中はクルーボートを追いかけるに違いない」ピットは言った。「奴らを止めなくては」

彼らは駆けだし、右舷デッキに繋がる狭い渡りデッキへ引きかえした。船は周囲全体で生気を取りもどした感じで、発動機は生き返りクレーンは舷側越しにブームの位置を取りなおしていた。しかし、行動を指揮している乗組員の姿は見当たらなかった。

彼らはさまざまな重機の間を縫って前へ進んでいるうちに、ヘリパッドが視野に入ってきた。武装コマンド隊員二名がパッドに立っていて、片方が彼らのほうを向いた。ピットとジョルディーノはケーブルのスプールの陰にしゃがみこんだ。

「連中を、ちょいと狙いさだめて撃てそうにはないぜ」ジョルディーノが言った。

「パッドの前方へ行って、ヘリが風に向かって飛び立つところを捉えられればそのほうがいい」

二人はそのチャンスに恵まれなかった。行動を起こそうと巻き上げ機の陰から様子を覗っていると、ヘリコプターはパッドから上昇し前方へ急発進し、船の彼方に姿を消してしまった。

60

見張りはニンに無線で知らせた。ニンは船橋へ駆けあがった。「クルーボートが無くなったとの報告がありました」彼はゼンとヤンに伝えた。「その当直中の部下は応答がありませんので、別の二名を調べに行かせました」

「脱走か？」ヤンが訊いた。

「不明です、サー。曳行索が荒海のために切れた可能性はありえますが。引きかえしましょうか？」

ゼンはレーダースコープに近づき、周りの海の様子に目を走らせた。近くに白い小さな斑点が現れた。彼はそれをちらっと見つめると、怒りをこめて顔をあげた。「あれは漂流しているのではない。自前の動力で東へ向かっている。われわれの左舷船首前方だ！」

ニンは青ざめた。「膨張式ボートを下ろして、彼らを私自身で追跡します」

ゼンは首をふった。「こんな海の荒れようでは、手早く彼らを捕らえるのは大変だろう。ヘリコプターを出せ。そのほうが早いはずだ」

「しかし、あのヘリコプターは武装していない」ヤンはゼンを見つめた。「上空からあれを沈めることはできん」

「沈める必要はありません」彼は言った。「航行不能にするだけで十分です。しかも、それなら機関砲手がやってのけられる」

ゼンは船橋の前のほうに寄り、窓の外を指さした。夜明けの最初の灰色の筋が現れはじめていたが、彼らのはるか前方の水平線上の灯りはまだ消えてはいなかった。

「あれは高雄、台湾だ」彼は言った。「われわれはプロジェクト・ウォーターフォールの標的である防衛拠点にいます」彼はレーダースクリーンを軽く叩いた。「われわれは装置を作動させるまで、なんとしてもあのクルーボートを遅らせねばなりません。その後に奴らを沈めてやりましょう、アメリカの例の駆逐艦もろとも。台湾の沿岸平野を襲撃する際に」

ニンの無線機が音をたてた。彼は打ちのめされた表情で知らせを受けた。「見張りの者が施錠された部屋で見つかりました。乗組員たちを閉じこめてあった部屋で。彼らは全員行方不明です、潜水艇の二人も」

「ヘリコプターを飛ばせ」ゼンは命じた。「ただちに！」

ニンは船橋を飛びだした。ヤンは舵輪《だりん》に近づき沿岸のおぼろげな灯りを見つめた。

「装置を配置し作動させるのにどれくらい時間が掛かるのだ？」

「一時間足らずです」ゼンは答えた。「配置の大半はコンピューターで自動的に行われます」

「私は予定されている外交会談まで待つほうがよいと思っていたが、こうなったら早期の襲撃のほうがよさそうだ」ヤンは向きを変え甥《おい》に正対した。「津波を可及的速やかに発生させよ。台湾とアメリカの軍艦を、彼らにとって重要な防衛協定が署名される前に破壊するのだ」

61

　ソンタグはクルーボートのスラスターを限度いっぱいまで押しこんだ。それだと高いうねりを突き抜ける荒っぽい航行になるが、彼は意に介していなかった。メルボルン号の十分後方まで漂ってからエンジンをスタートさせた彼には、ただ一つの目標しかなかった。乗組員をできるだけ早く岸に連れていくこと、それに尽きていた。

　彼は大型探鉱船の灯りに、その北側八〇〇メートルほど先を疾走しながら定期的に視線を走らせた。その船は追走してきていなかったし、事実、停まっているようだった。おそらく、追走させる小型のボートを下ろすためだろう、と彼は考えた。だが、クルーボートの船脚は荒海でも早かったし、出発したのも十分先だった。

　最初に追跡者に気づいたのは調理室のチーフで、操舵室で彼と一緒に立っていた。

「サー、ヘリコプターです。あの船からだ」

　ソンタグがふり向くと、中国のヘリコプターが航行灯を煌めかせながらメルボルン号の前を飛んでいて、大きな輪を描きクルーボートの舳先に向かって近づいてきた。

「みんなに避難するよう伝えろ」ソンタグはヘリコプターを見すえたまま命じた。

ヘリは低空飛行でクルーボートの右舷に接近した。機体の側面のドアは開いていて、突撃ライフルを構えたコマンド隊員が、脇を飛行しながら掃射を浴びせた。銃弾が操舵室、それにサロンの屋根を引き裂いて反対側の隔壁から抜けていき、床に身を寄せあっていた乗組員たちは難を逃れた。

ヘリは艫《とも》を回り、操舵室の横に並んだ。

ソンタグにはボートのエンジン音やヘリの空気を叩く音にかき消されて銃の発射音は聞こえなかったが、銃口の閃光を目撃して床に身を投げだした。操舵室はガラスと破片のシャワーと化した。敵は集中的に銃撃した。ソンタグは床から手を伸ばして舵輪を回した。短い連射が舵輪コンソール、航行スクリーン、それに無線を叩き壊した。猛攻はやんだ。ソンタグの対処によってボートは大きく向きを変え、ヘリの真下に入ったのだ。

「クッキー、無事か?」彼は調理長に声をかけた。調理長は身体を起こして隔壁に寄りかかった。右の袖は血に染まっていて、肘を左手で握りしめていた。

「掠っただけです、サー。大丈夫です」

ソンタグは舵輪に屈みこみ、船の向きを一方に、さらに別方向へ変えて、射手の狙いを逸らした。

ヘリコプターは新たにアプローチし、ボートの周りを回って船尾に位置を取った。ソンタグは銃弾が切れることに望みをかけたが、そう上手くはいかなかった。ヘリはボートの船尾の上空に移動し、船の蛇行に合わせようとした。ソンタグが撃ち砕かれた後部の窓から覗くと、ヘリコプターの乗員が開け放ったドアから身を乗りだして何か小さな物を投げ落とした。

それは手榴弾だった。扇形船尾に近いデッキで弾み、つぎの瞬間、炸裂した。ソンタグは閃光を目撃し爆音を聞いた。しかしどちらも、つぎの瞬間に生じたことに比べると取るにたらなかった。手榴弾の破片が後部の薄いデッキを貫通し、すぐ下にある燃料タンクに食いこんだ。タンク内の煙霧に引火して、不意に火の玉が発生した。

辛うじて爆発を避けたヘリコプターは後退し、打ちのめされた船のすぐ後ろでホバリングしていた。その安全な場所から、乗員たちはクルーボートの船尾が火炎地獄と化して燃えあがるのを素っ気なく見つめていた。

62

メルボルン号は新しい命を帯びていた。その巨大なタービンエンジンは静まり返っていたが、強力な配備装置は作動していた。コンピューター制御のスラスターは船体を台湾の防衛拠点上に固定中だった。自動クレーンを左右の舷側の外側へ振りだし、二〇メートルほどの長さの浮揚ブームを配置していた。ケーブルのネットワークがブームの間にある三つの大きな黄色いブイへ送りだされ、ブイは深みに下ろされるケーブルに取りつけられた音響ストリーマーに繋がっている。これまでで最大のプロジェクト・ウォーターフォールのテストはいまや準備完了だった。

ピットとジョルディーノが交差通路に潜りこみ見つめていると、数人のコマンド隊員が装置の配置を手伝っていて、白い実験着姿の年配のアジア人が指揮をとっていた。彼は落ち着かなげで、舷側につかまっていて、ニンが隣に立って彼の背中にピストルを向けていた。

ピットとジョルディーノは左舷デッキへ向かった。そこでも似たような光景が展開されていた。遠くから、ヘリコプターの轟音越しに、かすかに銃声が波間を渡ってきた。それを聞いて、二人とも怒り猛った。クルーボートが爆発し、鮮烈な黄色い火の玉が立ちのぼった。

彼らはクレーン、ケーブルドラム、さらにはデッキのさまざまな装置を潜りぬけ、コマンド隊員に出くわすのを避けながら前方へ進んだ。数人の武装隊員が音響装置の配備に忙殺されていて、二人が隔壁の陰沿いにすり抜けるのに気づかなかった。前部のブロックハウスにたどり着くと、ピットは船員室のドアが開いているのに気づき、彼らはひそかに中に入っていった。

マーゴットと彼女の父親は部屋の奥のテーブルに向かって坐っていて、二人の腕は後ろ手に縛られていた。武装護衛兵が一人、彼らの向かいに坐っていて、さり気なく煙草を燻《くゆ》らせながら海図を検討していた。

「一人しか見当たらん。部屋の奥にいる」ピットはジョルディーノにささやき、両手を後ろに回すとよろめきながら部屋に入っていった。ジョルディーノは黒い帽子を目《ま》深《ぶか》にかぶりなおし、ピットに続いた。彼は突撃ライフルをピットの背中に押しつけ、背の高い相手の陰に身を潜ませた。

護衛は飛びあがり、ライフルをピットに向けた。彼はテーブルの奥から後ずさった。しかし、ピットの後ろに黒い制服姿の隊員の姿を認めて気を許した。

マーゴットと父親を無視して、ピットは護衛に向かってまっすぐ歩いて行き、彼の空いている椅子のところで立ちどまり、坐ってもいいかと言わんばかりに見下ろした。護衛はエサに食いついた。彼はうなずき、ライフルの銃口で椅子のほうを指した。

ピットは飛びかかり、自由な両手を銃口に突き出し、それを側壁に叩きつけた。護衛は銃を取りもどすことにかまけ、ピットの拘束者である黒衣の男を無視した。ジョルディーノは前へ踏みだし、そのライフルの銃床を護衛の側頭部に叩きつけた。コマンド隊員はライフルを落とし、意識を失って床に崩れ落ちた。ピットはそのライフルをつかみ肩に背負った。

マーゴットは悲鳴を押し殺した。ジョルディーノがコマンド隊員の服装をしていることに気づいたのだ。こんどは、安心して気抜けした。

「二人とも大丈夫ですか?」ピットは二人の手縄を解いた。ソーントンがひどく殴られたことが見てとれた。

「とても嬉しいわ、二人に会えて」マーゴットはすぐ父親の様子を調べた。

「私は大丈夫だ、お前」ソーントンは手首をなでこすりながら疲れた声で言った。彼は腕を伸ばしてコーヒーカップの残りを飲んだ。護衛の飲みかけだった。

彼はガラガラという音を聞きつけ、飲むのをやめた。海へ繰りだされているケーブルが舷側をこすっているのだ。「あいつらはやっているんだ」彼は首をふった。「あの無残な連中は本気でやっている」

「やっているって、何を？」ジョルディーノは護衛がまだ気を失っているのを確かめてから訊いた。

「台湾を津波で叩きつぶすんです」ソーントンはテーブルの海図を腹立たしげに小突いた。

ピットがマーゴットを見つめると、彼女はうなずいた。「本当です」彼女は言った。「彼らはプロジェクト・ウォーターフォールを始動するためにこの船を配置し、台湾を攻撃するつもりです。あの物音が聞こえるでしょう。彼らはいま配備中なんです」

「連中は本当にシステムの使い方を知っているのだろうか？」ジョルディーノが訊いた。

ソーントンはうつむき、ゆっくりうなずいた。「イー博士は、台湾国軍の技術部長で……彼と私は精いっぱいはぐらかそうとしたのですが、彼らはあらゆる設計図と運用文書を見つけ出してしまった。つぎに彼らは、理解に達するためにイーを脅かし強制した」彼は娘を見つめた。「イーはそれでもどうにか生きていた、最後に見たときだが」

「ここで確かに作動させるとお思いですか？」ピットが訊いた。

「ええ。彼らは紛れもなくこの船をここへ移動させた。プロジェクション・ウォーターフォール防衛地点の一つに」彼は海図上のいくつかある赤い印を指さした。指定された地域がカオイオン市の南西およそ三二キロにあたることがピットには分かった。

「ここは台湾が恒久的なシステムを設けたいと思っている場所です」彼は言った。

「台湾はここの波を調べ、システムを配置するのに絶好の場所であることを突きとめた。深海渓谷、急激な高低の変化、急速な海底海流」

「すると、この船はここで本当に津波を起こし」ジョルディーノは訊いた。「しかも、それを台湾へ向けられるのですか？」

「疑いの余地なく」ソーントンは答えた。「それに、台湾の立場から言うと、これ以上悪い場所はない」

彼は台湾の南西沿岸を指でなぞった。「台湾のこの地域全体は低い平地です。大きな津波なら、はるか奥地まで被害が及ぶ。あの国の最大の二都市、台南と高雄は破滅するでしょう」

ピットとジョルディーノが衝撃の規模を理解しようと努めていると、マーゴットが咳払いをした。「もう一つ、お二人に知っておいていただきたいことがあります。彼らは気まぐれで襲撃するわけではありません。ヘリコプターで現れた将校が言っていたのですが、アメリカの副大統領が台湾との防衛協定に署名するために、ついいましがた到着したそうです。彼はカオシン沖合の海軍の船に乗っています——津波の直撃針路です」

「サンデッカーがここに居る！」ジョルディーノが口走った。

マーゴットはうなずいた。「中国の情報部は彼に、副大統領がある女性下院議員と一緒に昨夜到着するのを目撃したと伝えていました。彼らは協定署名のために駆逐艦に逗留《とうりゅう》しており、署名は今朝行われる予定です」

その言葉は、腹部に見舞われたパンチさながらにピットを襲った。彼の妻のローレンは下院外交委員会の一員で、副大統領とは親しかった。偶然の一致ではありえない。サンデッカーと旅をしているその下院女性議員はローレンに違いなかった。

「なぜ中国は、副大統領が滞在しているのに台湾を襲うのだろう？」ジョルディーノは訊いた。「即、アメリカと戦争になる危険を、彼らは冒している」

「私には分かりません」マーゴットは言った。「やり口が荒っぽいと思うけど」

「彼らはやるだろう、われわれを悪者にできるから」ソーントンが言った。「簡単なものさ。事件後にわれわれを殺し、メルボルン号を沈めるだけですむ。裏目に出た防衛施設を逆手に取って台湾のタカ派たちを責めたてれば、中国には大変な宣伝になる」

彼は警備員のコーヒーの残りを飲み干した。「分かるものか、彼らは災厄を統一への一ステップに利用するつもりなのだろう。中国は医薬品や援助によって救世主になりうる。あるいは生じた混乱に乗じて、軍事的に占領をやりかねない。いずれにせよ、中国は台湾を勢力下に巻きこみ、台湾全域の力のバランスを逆転する構えでいる」

彼が話していると、甲高い唸りが船の内部から伝わってきて、船員室の照明が点滅した。唸りは一、二分続き、しだいに消えていった。

「あれは最初の震動だ」ソーントンは目に警戒の色を浮かべて言った。「彼らは配備を終えシステムを作動させたのだ」

「あれが波を作るんですか？」ジョルディーノが訊いた。

「まだです。システムは一連の震動から成りたっており、じょじょにある種のベンチユリー効果（液体効果の一種）をもたらします。いずれのサイクルもほぼ一〇分かかる。その結果もたらされる海面波は通常、三ないし四サイクルで生じる」

「どうすれば、それを止められるのでしょう?」ピットが訊いた。

ソーントンは憮然《ぶぜん》として首をふった。「このシステムは高度にオートメーション化されており、操作室で制御されている。しかし、そこはこの船の中央にあって、金庫室のような造りになっている。私が最後にあそこへ行ったとき、かれらは武装した者を内部に三、四人、外部に一人配置していました。あなたがあそこに押し入り、装置を支配するのはとうてい無理です」

「その動力はどうでしょう?」ジョルディーノが訊いた。「われわれは電源を切れるでしょうか?」

「それは可能かもしれない」彼は指で顎をなでこすった。「装置の動力源は操作センターの下にある専用のタービンです。しかし、操作センターからしか近づけません。電源ケーブルを傷めて送電不能にしたり、音波ストランドそのものをショートさせる手もあるでしょう。ただどちらも時間を食うし、デッキで目撃される危険がある」

警報が船員室に鳴り響き、それに加えて十指にあまる唸りが同時に船中で生じた。

ピットは天井の片隅にある警報機に視線を走らせ、その隣にビデオカメラが設置されていることに気づいた。「もう時間がない」彼は言った。「何者かがここに居るわれわれを監視していたようだ。移動しよう」

ピットは一行の先に立って左舷デッキに出た。その場所で彼らは、船の前方で出されている命令を聞きつけた。船首に近い武装した男たちが、彼らのほうへ動き出した。ジョルディーノは沖合のほうを向いた。クルーボートは炎上し、ヘリコプターがその上空でホバリングしていた。「俺たちにこのヘリは利用できないようだ」

ピットは冷静に状況を読みとり、最高の脱出法を割りだそうとした。だが彼の最大の関心は、襲いくる瀑布《ばくふ》の進路にいるローレンとサンデッカーのことだった。「俺たちが来た道を戻るのは避けよう」彼は言った。

ジョルディーノはうなずいた。「俺は奴らを防いで、船尾で落ち合う」彼は発動機の陰に身を隠し、突撃ライフルを前方に構えた。一瞬後に、黒い人影が二つ視界に現れた。彼は発砲し、一人は撃ち倒され、もう一人は物陰に潜りこんだ。

ピットはマーゴットの手をつかんで後ろに引き寄せ、ソーントンは二人の後を追った。彼女の踝はまだ痛くて走れなかったが、ピットに支えられながら、きびきびと脚を引きずった。彼らが船尾に着いたとたんに、背後で銃撃戦が起こった。

乗組員たちが閉じこめられていた倉庫の前に出ると、ピットは立ちどまりドアを力をこめて開けた。「ソーントン、バッテリーを一つか二つ持ちあげてもらえるだろうか?」

頑強な身体つきの老技術者はピットに倣って部屋に入り、一瞬後に大きな一二ボルトのバッテリー二個をまるでパンのひとかたまりのように軽々と持って現れた。ピットも自分の分を持って後に続き、こんどは先に立って船尾デッキのスティングレイ艇へ向かった。バッテリーを下ろすと、彼はライフルを肩から下ろしソーントンにわたした。

「ここで、私は二、三分欲しい。動くものはなんであれ撃ってください、アルは別ですが」

「喜んで」ソーントンはマーゴットに手を貸して船尾の舷側へ伴い、彼女は支え代わりに舷側に寄りかかった。そこからだと、ソーントンは左舷側に加えて扇形デッキも見通せた。彼が見つめているとピットは潜水艇に入っていき、片手に道具をいっぱい持ってすぐ戻ってきた。

ピットは潜水艇の底のパネルを開けて、海底用バッテリーを四個取りだした。それらを倉庫から持ってきたのと取りかえ接続すると、パネルをしっかり閉めた。

近くでの銃声は止んだが、中国のヘリコプターがメルボルン号に戻ってくるにつれ、その主回転翼の音は大きくなった。船橋のゼンから警告を受けていたので、パイロットは降着灯をすでに点けていて、メルボルン号の左舷デッキ沿いにゆっくり接近させた。その明るい照明は、左舷を走っているジョルディーノの人影をたちまちとらえた。

ジョルディーノはウインチの下に潜りこみヘリコプターに発砲したが、彼の借り物のライフルは銃弾切れで虚しく音をたてた。彼は銃を舷側越しに投げすてると駆けだした。新たに銃撃の火ぶたが切られ、ヘリコプターは急降下し、そのスポットライトをジョルディーノに浴びせかけた。

「あのライトを撃て」ピットはソーントンに呼びかけた。

彼はスティングレイ艇を覆っている防水カンバスを取りはらい、その背後に固定されている大きなクレーンの操縦席に駆けこんだ。操縦装置を確認し、モーターを入れて油圧装置を作動させた。

ソーントンは舷側に立ち、落ち着いてヘリコプターに狙いをつけ、その機首に短く連射を見舞った。オーストラリア陸軍で兵役に着いた経験もあり熱心な鳩《はと》ハンターでもあるので、ソーントンは銃に無縁ではなかった。ヘリコプターの三基の降着灯のうち二つが彼の銃撃を受けて粉砕され、パイロットは向きを変えて遠ざかった。

ソーントンは銃を左舷側に向けて待っていると、息を切らしながらジョルディーノが現れ彼の隣に駆けこんだ。ソーントンは闇に向かってまた発砲した。銃声がデッキに鳴り響いた。追いかけてきたコマンド隊員を彼は倒した。

「ありがとう」ジョルディーノは息を整えながら言った。

彼が礼をろくに言い終わらぬうちに、彼の横の舷側の一部が銃弾の炸裂で飛散した。

「銃を捨てろ！」

ジョルディーノとソーントンがふり向くと、ニンが扇形船尾に立っていた。目撃されることなく、いつの間にか右舷デッキから現れたのだ。彼は満足げな笑いを浮かべ、肩にかけた突撃ライフルをマーゴットの胸元に向けていた。

63

ソーントンはライフルを強く握りしめた。

「捨てろ！」ニンはヘリコプターの音に負けずに怒鳴った。「さもないと彼女は即、死ぬぞ」

忌々《いまいま》しげにコマンド隊員を見つめながら、ソーントンは銃を身体の前に持ち直しデッキに投げだした。そして、舷側沿いに娘に近づいた。マーゴットは父の手を握り、後部デッキの片隅で父親の横に抱きついた。

ニンはさっと辺りを見回した。ライフルをジョルディーノに向け、身振りでほかの者たちと一緒になれと促した。

ピットはニンが自分のほうを見たときにしゃがみこんだが、いまは操縦席で上半身を起こして坐り、潜水艇の制御装置を点検していた。彼がそうしていると、ヘリコプターは船の後部デッキの外れでホバリングをし、残っている降着灯を船尾の捕虜三人に向けていた。その主回転翼はクレーンの油圧モーターの音を簡単に掻き消してしまった。ピットがちらっとジョルディーノを見ると彼は時間稼ぎを心がけており、なすべきことをしっかり心得ていた。

「なんだって?」ジョルディーノは怒鳴った。両方の腕を高くあげてはいたが、ニンの命令が分からないふりをしていた。

ニンはその場で彼を撃ちかねない勢いだったが、ゼン自身に復讐《ふくしゅう》をさせてやることによって好意にありつくことにした。「歩け」彼はライフルを動かしながら怒鳴った。

ジョルディーノはうなずき、亀《かめ》のペースで歩きはじめ、怪我でもしているように足を引きずりながらマーゴットとソーントンのほうへ近づいていった。

その間に、ピットはクレーンの揚陸装置をフェザリングし前方を見つめると、潜水艇の上で弛《たる》んだケーブルが張りつめた。彼は制御装置をもっとも遅く設定した。ケーブルスプールは潜水艇の重さを受け、ゆっくり潜水艇をデッキから持ちあげた。ピットは艇をさらに一・五メートル上げて止めた。

ニンは潜水艇に背中を向けていたし、その動きは無視して、ジョルディーノをほかの者たちのほうへ駆りたてることにかまけていた。だが、ヘリコプターの隊員はピットの動きを目撃し、ニンに手をふって知らせた。彼の注意を引けなかったので、隊員は側面のドアを開け、クレーンの操縦席にひとしきり発射した。

ピットの前面の窓は砕け散ったが、彼は怯《ひる》まなかった。打つ手は一つしかなかったし、待っている余裕もなかった。彼はハンドルをしっかり握り、ブームを彼の右手にあたる左舷へ振りだした。すばやく停止してブームを前方へ延ばし、潜水艇が船尾のほうに振れるようにした。同時に左手で揚陸ケーブルを放し、彼は息を殺した。

銃声を聞きつけて、ニンは初めてヘリコプターのほうを向いた。空中の隊員は、彼の背後の標的に発砲していて、ガラスがくだけ飛び散った。ニンはさっとふり返った。そのとたんに、彼は降下中の潜水艇と激突、艇は彼に食いこんで上になり、彼は一〇トンの塊に押しつぶされた。ほかならぬヘリコプターの轟音に、巨大な重量に拉《ひし》がれる彼の骨の音はかき消された。

ヘリコプターの隊員は信じかねてその情景を見つめていた。彼はあらためてピットに狙いを定めたが、彼のライフルは虚しい音を発した。銃弾切れなので、彼はパイロットにヘリパッドへ向かうように命じ、メルボルン号の船橋へ無線を入れた。

ジョルディーノはニンが落としたライフルを拾いあげ、まるでオズの魔法使いの、東の邪悪な魔女の家の下から眺めるように、潜水艇から突き出ている隊員の脚を観察した。彼は銃を上に向けたが、ヘリコプターはすでに船首すれすれに迂回して、船の反対側に降着する態勢にあった。

「中に！」クレーンから、ピットはスティングレイ艇を指さした。

ジョルディーノはマーゴットとソーントンを呼び寄せて、ハーフラダーに押しあげてやったので、二人は潜水艇の上に登れた。彼らがハッチを通り抜けると、ジョルディーノは彼らの後から外部ラダーを上った。彼の足がデッキを離れるや否や、ピットは潜水艇を空中に引きあげ、伸縮ブームで船尾舷側の外へ送りだした。

潜水艇が船を離れている最中に、ジョルディーノは別口の隊員二名が左舷デッキを猛然と走ってくるのを目撃した。彼は突撃ライフルを構えて発射しながら、片方の手でハッチを握りしめていた。彼の狙いは潜水艇が揺れるため逸れたが、連射のせいでコマンド隊員の足取りは遅れたし、ピットへの警告にもなった。クレーンの操縦室をちらっと見あげると、ピットが船の左舷を指さした。ジョルディーノがうなずくと、スティングレイ艇は扇形船尾の下に降下し水しぶきをあげて水中に沈みこんだ。

ジョルディーノは立ちあがり緩んだケーブルを外し、開いているハッチの中を覗いた。コマンド隊員が一人舷側に現れ、漂っている潜水艇に発砲した。その瞬間に、彼はハッチを閉め中に潜りこんだ。

「切り抜けたわい」ジョルディーノは身体をすくめてマーゴットの横を通り、空いている操縦席に着いた。ソーントンは副操縦席に坐り両手をトグル装置に乗せて、すでに潜水艇をメルボルン号から離しつつあった。

「勝手にスラスターを始動させましたよ」彼は言った。「しかし、バラスト制御装置が作動していないようです」

彼らの頭上で、露出している艇に見舞われる銃弾の音が聞こえた。

「ワイヤがショートしているせいだ」ジョルディーノはリモートスイッチの一つを入れた。それは急場しのぎにノース・アイランドで仕入れた代物だが、使いものになるバラストタンクは水で一杯になった。彼がポンプを作動させているうちに、潜水艇は海面の三メートル下まで沈んだ。「ここからは私が操縦します、よければ」そう言って彼は操縦席のハンドルを握った。

「ダークはどうしたの？」マーゴットが訊いた。

ジョルディーノは答えずに方向を確かめ、潜水艇を反転させた。

「船には戻らないんだろうね？」ソーントンが言った。「われわれは殺されるぞ」

ジョルディーノはうなずき手を伸ばして、使いものになる唯一の外部照明を点灯した。

「悪しからず。あの男を拾ってやらないとならないんで」

64

ジョルディーノの乱射がピットを救った。

潜水艇を襲撃したコマンド隊員二名は、ジョルディーノに拘《こだわ》り過ぎて、クレーンの操縦室にいるピットに注意が及ばなかった。スティングレイ艇が波の下に姿を消し、彼らが叩きつぶされたクレーンの操縦室に目を向けた時には、ピットの姿はすでになかった。

彼は船尾デッキを、できるところでは隔壁にへばりついて蛇行しながら横切った。前方のパッドに降着する中国のヘリコプターの音が、反対側にたどり着いた彼を出迎えた。秘かに彼はブロックハウスの角を走りすぎた——そして、右舷デッキを駆けていたコマンド隊員と出合い頭にぶつかった。

男二人はゴムマリのように跳ね返った。コマンド隊員は背が低く、後ろむきに舷側へ倒れこんだ。ピットは後ろによろけたが持ちこたえた。彼はすばやく体勢をたて直し、うつ伏せになっている男目がけて足を踏みだした。驚いた隊員は倒れこんだままだったが、ライフルを前のほうへ向けた。ピットは男に突進していった。

コマンド隊員は連射したが、ピットが自分に向かって突進してきたわけではないことに気づいた。ピットは彼の横を駆け抜けて海に飛びこんだ。隊員は低すぎた狙いを修正して発射したものの、ピットは靴の踵をずたずたに引き裂かれただけで、舷側越しに姿を消した。

ピットはきれいに水中に飛びこみ、何度か足を蹴ってさらに潜った。目を開けると、周囲をすばやく見まわした。水は嵐のために濁っていたが、彼は探していた物を見つけた。それは鈍い灯りで、メルボルン号の右舷前方の水中で緑色に光っていた。ピットはそのほうへ向かった。二〇メートルほど泳ぐと海面を目指した。

海面を破り、喘ぎながら新鮮な空気を一息吸いこむと、すぐさま水中に引きかえした。船上のあのコマンド隊員は海中にピットを探して掃射したものの、その時すでにピットは安全な水面下にいた。

潜水艇の灯りはいまや近かった。ジョルディーノは安全な距離で待機しているうちにピットを発見した。彼らは二メートルあまりの深さで落ち合った。ピットはハッチの鋼鉄製のハンドルをつかみ、艇の側面を三度叩いた。ジョルディーノは投光照明を消して答え、スラスターをすべて作動させ、メルボルン号に背を向けた。ピットは艇にひたすらしがみつき、苦もなく息を殺して水中を移動していった。

ジョルディーノが腕時計を見つめ、スロットルを二分ちかく停止していると、またハッチを叩く音が聞こえた。彼はすばやく浮上し動力を切った。マーゴットはジョルディーノの指示を受けてハッチを開け、頭を突き出した。

ピットは彼女をつかみ、ハッチの側面にしがみついた。「空きはあるだろうか……濡れネズミなんだが？」

「今度は私があなたを海から引き揚げてあげる番らしいわ」彼女は言った。「アルが急げと言っています」

ピットは開口部を這いずって通り抜け、ハッチをしっかり閉めた。狭い内部に下りていくと、ジョルディーノが潜水艇を潜航させた。ソーントンが立ちあがり、副操縦士の席をピットに譲った。

「われわれを離脱させた手際は見事だった、お若いの」彼は身体をすぼめて、マーゴットと一緒に後部座席に坐った。「坐って一休みするがいい」

ピットはびしょ濡れの衣服のまま席に着いた。

ジョルディーノは微笑みかけた。「なんとも奇妙なヒッチハイカーが、この海域にはいるものだ」

「ありがとう、止まってくれて」ピットは言った。「動力の調子は？」

「新しいバッテリーは強力だ。動力は七〇パーセント以上保持できた。おそらく台湾に十分行きつけるだろう」

「もう、メルボルン号の先へ行かないように」ソーントンが言った。「彼らはいまにも壊滅的な波を発生させるつもりだ」

「なんとかそいつを止めなければ」ジョルディーノが言った。

「いまとなっては、止めようはない」ソーントンは言った。「それは無理だ、小さい潜水艇に乗っているわれわれには」

「止める必要などない」ピットが言った。「その通り道を変えさえすればいいのだ」

彼は覗き窓の外を指さした。「音響ストランドは外側のブームからケーブルで下ろされている。かりにわれわれがケーブルをつかみ、その位置を変えたらどうなる？　すると、波は消滅するか方向を変えるのでは？」

ソーントンは一瞬考えこんだ。「ええ、そうなるでしょう」彼の顔が明るくなった。

「センサーと送信機は水動力学に応じて作動するようにコンピューター制御されているが、しかしその水動力学は総て船の前方の先頭の波の壁に基づいている。かりにその音響カーテンの位置をわれわれが変えたなら、きっと波の進路を変えられるだろうし、その規模も恐らく変えられる」

「配置角度を変えるための研究実験を私はおぼえています」マーゴットが言った。「かりに右舷のカーテンが九〇度移動すると、それは決定的に波の角度に影響をあたえうる。潮流の位置によって波の流れは北へ方向を変える。もっともそのためにメルボルン号は、渦巻に近い危険な状態に置かれるでしょう」

「右舷のブーム装置がわれわれから離れすぎていなければ」ジョルディーノが発言した。彼は外部の投光照明のほうを向き、推力を強めて潜水艇を前進させた。スティングレイ艇が水を切って進んでいると、甲高い唸りが潜水艇全体を振動させながら走り抜け、じょじょにその強度をあげていった。

「二度目の作動だ」ソーントンが知らせた。「これで潮流に何か動きが起こる」

「われわれはこのブレイン・スクランブルゲームを前に体験したことがあるんです」ジョルディーノが言った。「ちょうどあの時、海底にいて。われわれは缶詰の缶のように、海底を転げ回ったものです」

「海面に近いので、そんなことにはならないでしょう」マーゴットが言った。「少なくとも、いまのところは」

潜水艇は前方へ移動を続け、全員が音響装置を探した。ジョルディーノは制御装置から震動が伝わってくるのを感じはじめたし、潜水艇全体が揺さぶられだした。

「通りすぎて見落としたのかもしれない」ピットが言った。

「たしかに。急いで向きを変えてくれ」ソーントンは言った。その声には角があった。

「われわれはきっと空洞化現象領域にいるんだ」

ジョルディーノはスティングレイ艇に半円を描かせようとしたが、潜水艇は横方向へ移動しはじめた。艇が振動するので、ジョルディーノは水平に保つために苦闘した。

「深さが増している」ピットが知らせた。「俺たち、引きずり込まれているぞ」

ピットはジョルディーノ管轄下のバラスト・ポンプ制御装置を作動させ、沈下の度合いを計った。ジョルディーノは同じ目的でスラスターに角度を加えたが、なんの効果もなかった。潜水艇は激しく振動しながら深みへ沈みこんでいった。

不意に、総てが逆転した。まるでジェットコースターに乗っているように、潜水艇は加速しながら上昇した。マーゴットは胃が上がってくるような感覚に襲われた。周りの海水は沸きたっている感じで、やがて潜水艇は海面を突き破った。頑丈な艇は海から二、三メートル飛びあがり、降着して波間に収まった。

周りの波が静まると、ジョルディーノはスティングレイ艇を北西へ向け動力を切った。覗き窓越しに、彼らは夜明けの曙光のもと、大きな波が東へ逆巻いていくのを目のあたりにした。

「われわれはあの最後尾にいるんだ」ソーントンが言った。「よかった。さもないと、あいつに攫《さら》われていたろう」

「あのシステムは二度波を起こす」ピットが言った。

「つぎのやつは」ソーントンが言った。「化け物じみたものになるだろう」

ジョルディーノはスティングレイ艇をメルボルン号のほうへ向けた。同船は船首を彼らのほうに向けて、一〇〇メートル足らず先にいた。

ピットはオーストラリア人技術者を見つめた。「つぎの波まで、時間はどれくらいです？」

「八分いや、九分でしょう」ソーントンは答えた。彼は両手で髪を掻きあげ首をふった。

「止めようにも、とうてい時間がない」

65

クルーボート上の者は誰一人、スティングレイが深みから浮きあがってくる瞬間を目撃していなかった。しかし、この炎上中のボートの乗組員の一人が、自分たちに大きな波が迫ってくると警告した時、ソンタグは発生源に疑いを持たなかった。少し前に、規模は劣るが巨大な波に彼らは揺さぶられていた。それがもっと悪質な波の先触れにすぎないことが、ソンタグには分かっていた。

彼はまたバケツの海水を炎上中の後部デッキに振りかけた。彼の疲労は極限に達していた。乗組員の何人かを安全な場所へ引きずっていってから、ほとんど一人で火事と闘ってきた。

ヘリコプターが銃撃をやめて飛びさると、自分たちにはまだチャンスがあるかもしれないと彼は考えた。最初の火の手が収まったので、火事の最悪の部分の消火には当たることができていた。ボートはいずれは沈むと分かっていたが、生きながら焼かれるより溺死するほうが部下たちにはよいように思えた。彼はいまだに通りがかりの船が火炎地獄に気づき、調べに来てくれることに望みをかけていた。

空の消火バケツを投げだし、船尾の舷側の先へ目を走らせた。海を横切って、海面伝いにさざ波が急速に彼らのほうに近づいてきた。

「しっかりつかまれ！」彼はサロン内の憔悴《しょうすい》した男たちに叫んだ。「波が襲ってくるぞ」

彼は戸口をつかみ、近づいてくる波を見つめた。

彼らはメルボルン号のすぐそばにいたので、海沿いの浅瀬を通過するときのように、波が盛りあがったり砕けたりする間がなかった。波は滑らかで均整が取れていて、ほぼ静寂を保ち、密やかに海を移動し続けた。

波は同じく音もなくクルーボートに襲いかかり、船尾にまともに殺到し、暗い空中高くボートは跳ねあげられた。その余勢でボートは前へ押しだされ、波は下を通って前方へ移行し、船尾が沈みこみ船首が跳ねあがった。態勢を立て直そうとするボートの中を、さまざまな破片が飛散し衝突した。しかしボートそのものは無事だった。ソンタグは戸口にしがみついた。足許のボートが突きあがり、海水の低い壁がデッキを洗いながら突進して崩れ落ち、後部の排水溝から音高く姿を消した。驚いたことに、束の間の洪水が残っていた炎を消してくれたようだった。

メルボルン号の航海士はサロン内の乗組員の安否を確認し、船体損傷の再点検を行った。白い煙が音をたてながら焼け焦げたモーターと燃料タンクから立ちのぼったが、火事は完全に消えていた。残念ながら、もっと重大な損傷が見落とされていた。爆発と火事のために亀裂《きれつ》が船体に生じ、海水が船内に流入していた。

まさに時間切れだ、と彼は思った。なんとかなる、と自分をだましていたも同然だ。船を浮かせておくために彼は肉体的に可能なことはすべてやった。だが、その時は近かった。彼は疲れすぎて、指一本あげることさえできなかった。疲労が穏やかな敗北感をもたらした。ソンタグが立って損傷の厳しさを確かめていると、メルボルン号の調理長がおぼつかない足取りで隣に近づいてきた。彼の血まみれの腕は一時しのぎの三角布で吊るされていた。「火事は消えたのでしょう?」彼はほろ苦い笑いを浮かべて訊いた。

「そうだが、こんどのはそう優しい代物ではないぞ」ソンタグは生きのこる望みに見切りをつけようとしたが、細身の相手を見つめて躊躇った。彼の白い仕事着は煙のために黒くなっており、右側は血に染まっていた。顔は痣だらけで髪は焼け焦げ、ソンタグ自身が感じている以上に、彼は疲れているようだった。だが彼は力強く明るく微笑んだ。

ソンタグはシェフの肩に腕を回した。「料理長、ビルジポンプを探しに行こう。私もまだすこし動けそうだ」

66

「ルディ、まだ起きているかな？」地球の半分向こうから、ハイアラム・イェーガーの声がカレドニア号のビデオ会議室のスクリーンに流れてきた。

「私だ」ガンはスクリーン前の席の一つに腰を下ろした。しかしイェーガーの姿はなく、彼が送ってよこす灰色の雲がうず巻いているだけだった。

ガンは乾ドック入りした戦艦に到着してから、ベッドに着いたことがなかった。その代わり、彼はワシントンのイェーガーと何時間にもわたって検討を重ね、ピットとジョルディーノの所在を突きとめることに専念してきた。現地時間の朝五時は、彼にはほとんど意味をなさなかった。彼の身体は十二時間の時差になれていなかった。

「つい今しがた、台湾沿岸警備隊に電話したところなんだ」ガンは話した。「天候が十分回復したので、捜索救援ヘリコプターを夜明けとともに飛ばせるとのことだった」

「それはよかった」イェーガーは言った。「台湾の南中部の衛星画像のダウンロードをいま受けとったところなんです。およそ二時間前のもののようです」

「よくなってくれているといいが」ガンが言った。「俺たちが一晩中見つめていた綿ボールの塊みたいな映像よりは」

彼ら二人はスティングレイ艇、カレドニア号のテンダーボート、さらにオーストラリアの探鉱船の姿を求めて、入手可能なあらゆる衛星画像を調べてきた。だが台風が強烈なため、大半の映像は役にたたなかった。

「その前に」イェーガーが言った。「これが飛びこんできたんです」

雲に覆われた画像がスクリーンから消え、T-シャツにブラインド・フェイスのボールキャップ姿で、会議用テーブルに向かっている長髪の男の実像が映しだされた。

「われわれのDARTのブイ一つがおよそ一分前に予備的警告を発した」

DART、深海津波評価報告は太平洋の全域に配置されたブイのシステムで、津波の通過を示唆する海底近くでの水圧の大きな変化を探知する。

「どの辺りだ?」ガンが訊いた。

「高雄市南南西の一九・五マイル。私がこの映像を目にしたのは、たまたまいま世界のその海域が映しだされたからで」

「待ってくれ」

ガンは会議室を出て隣り合っているデッキへ出た。乾ドック越しに高雄港のほうを見つめると、港は朝の早い時間なので静まり返っていて人気《ひとけ》はなく、さざ波が岸辺を打っているだけだった。彼は会議室に引きかえした。「ここは静かなものだ。警報はまったく鳴りひびいていない。近くに地震でもあったのだろうか？」

「われわれは震動をとらえていません。おそらく小さな地滑りかと。圧力震動が大きくないので、早急に警報を出すに及ばないのでしょう。ですがその海域を監視します」

「われわれが案ずることはないようだが」ガンが言った。「いずれにしろ、ありがとう。さあ、高みからの様子を拝見しようか」

イェーガーの映像が、太平洋のぼやけた高高度画像に取って代わった。

「このほうが少しましだ」ガンは言った。

「この衛星画像は合成開口レーダー・イメージングを使っているので、全面的に写真という訳ではなく、大半の雲を通り抜けてものを見ることができる。この画像には潜水艇がカレドニア号から発進した地点が含まれているはずです」

その場面の海上には何も映っていなかったので、彼らはさらにその海域の映像数十枚に目を通していった。彼らはある映像で送りを止めた。そこには、北西へ向かう一隻の船が映し出されていた。

「あれをズームできるか？」ガンは訊いた。

その画像が拡大されると、ガンはうなずいた。「それは君がメルボルン号を見つけだした一連の写真と似ている。あの船は依然として台湾へ向かっているようだ」

「もっと陸地に近い画像がないか探してみます」イェーガーが言った。

スクリーンが一瞬暗くなり、衛星画像がひとしきり流れた。彼らはそのなかの二枚に船を見つけた。台湾の南西沿岸に向かって進んでいた。

「高雄を目指しているようだ」イェーガーが言った。「ピットとジョルディーノが乗っているかも」

「ありうる」

ガンは映像を検討した。「ハイアラム、この写真の時刻と場所からメルボルン号の現在地を割りだせるのでは？」

「ちょっと待った」

イェーガーは質問をスーパーコンピューターに入れた。それは彼が手をつくしてNUMAの本部に設置したものだった。一瞬の間に、それは映像の時間と場所、船の進行方向、割り出された速度、さらにはその海域の気象状況を捉えた。イェーガーは結果を見て青ざめた。「とうてい信じられないでしょうね?」

「聞かせてくれ」ガンは言った。

「あの船は高雄港の一九・六マイル南南西にいるはずです」

67

ゼンはヘリコプターのクルーと下のデッキでの話し合いをすませると、メルボルン号の船橋へ入っていった。ニンの死を知らされてから、彼は状況を制御できなくなるのではないかと危ぶみだした。しかし、伯父の前でこのうえ弱味を見せる気にはなれなかった。ひとつ深く息を吸いこむと、ヤンのほうに近づいていった。

大佐は船橋の後部に立って、イー博士の肩越しに覗きこんでいた。

台湾の技術者はこの数日でひどく殴打されたために、苦労しながらコンソールの椅子に身をまっすぐ立てて坐ろうとしていた。彼の白い研究着には血が散っていた。彼の椅子の下には血が溜《た》まっていた。ニンにとびきり悪辣《あくらつ》な一撃を頭に加えられたのだ。すでにイーの目から生気がゆっくりと失われつつあったし、彼はそれを心得ていた。

イーはワークステーションの前に坐った。そこには、船の前方に位置する水の柱の立体画像が映しだされていて、水の柱は逆さまの竜巻のように海底から渦を描いて立ちあがっていた。

ヤンはまっすぐ立って左舷の窓越しに、数分先にクルーボートが炎上していた場所に視線を走らせた。炎はすでに消え失せていた。ボートの影も形も早朝の闇の中に見あたらなかった。彼は甥のほうを向いた。「ヘリコプターはあの船を沈めたのか？」

「いいえ、しかし航行不能状態に陥ったままです」ゼンは答えた。「かりにあの波で沈まなかったとしても、つぎの波では沈むでしょう」レーダースコープをちらっと見ると船はまだ浮いていたが、彼はなにも言わなかった。

「後部デッキでの騒ぎはいったいなんなのだ？」ヤンが訊いた。

「潜水艇の例の二人です。彼らは乗組員に手を貸してクルーボートで逃がした。おそらく乗組員はボート上にいるし、ソーントンとその娘は解放されたものと思われます」

「彼らまで脱出したのか？」ヤンは甥をきびしい眼差しで見つめた。

「はい。ですがあの二人は死んだも同然です」ゼンは言った。「彼らは船尾から潜水艇で逃げましたが、あの艇は使いものになりません。あれはわれわれが船上に収納した時点で損傷していましたし、動力切れでした。彼らはもう海底に沈んだはずです」

船橋ウイングのドアが開いて、ピットに出食わしたコマンド隊員が入ってきた。

「サー、潜水艇の一方の操縦員が脱走しました。彼は潜水艇を舷側越しに下ろしたものの、当人は本船に残りました。その後、われわれは水中に飛びこんだ彼に発射しましたが逃げさってしまった」

「逃げさったってどこへ？」ゼンはいら立ちを募らせながら訊いた。「われわれの周りは海しかないのだぞ」

「潜水艇へ。あれが彼を拾いあげたのだ、とわれわれはみなしています」

「あの潜水艇には動力がないはずだ」ゼンが声を強めて言った。

コマンド隊員は言いよどんだ。「われわれは……現に目撃しました。点灯をして、水中を移動していました」

ゼンの蟀谷《こめかみ》の血管は怒張したが、彼は怒りを抑えた。「そんなこと、ありえない」

彼はつぶやいた。

「どこへ行ったのだ？」ヤンが訊いた。

「右舷舷側の外れにいたのですが、前方へ移動しました。例の波が現れ、姿は見えなくなりましたが、本船の前方にいました」

「君にはラッキーな中断だ、中尉」ヤンはゼンに話しかけた。「彼らはいずれにせよ、つぎの波で止《とど》めを刺されるはずだ。そうなんでしょう、教授？」

イーは弱々しくうなずいた。彼はコンピューター・モニターに目を凝らして、拘束者たちを見るまいとした。

「つぎの起動が始まったのか?」ゼンが訊いた。

「ええ」イーは低い声で応じた。「運用室にいるあなたの部下たちは、五ないし六分後に発生するよう三次波の準備中です」

「すると、これがそれになるんだな?」ヤンが言った。「これが津波になると?」

イーはすぐには反応しなかった。なにかが彼の目に留まったのだ。それは右舷音響カーテン内で生じたある動きで、予期された水柱のカーテンに揺さぶりを掛けつつあった。彼はさり気なくデータから目を逸らし、薄笑いを浮かべながら拘束者たちを見た。

「ええ、これがそうなります」

68

音響カーテンがスティングレイ艇の前方に、深海に垂れさがっている煌めく真珠の房さながらに現れた。何十本もの長く細いケーブルが海底へ向かって伸びていて、ほぼ二メートルごとに金属探知機とトランスポンダーが配置されていた。さらに海面へ近づいた彼らは、一段と頑丈なケーブルからなる一つの枠組みの中に入っていった。その枠組は漂うブームとブイによって支えられていた。三本のブームがメルボルン号の両側にある別個のセンサーのカーテンを維持していた。

「いちばん端から接近し」ピットが言った。「ブームをかき集めよう」

彼は潜行して音響ストランドの位置を変えるつもりなのだ。海面のブームは強固すぎて潜水艇では移動できないだろうし、船上のコマンド隊員たちに目撃される恐れがあった。上層のケーブルも頑丈なはずなので、彼らは深く潜るしかなかった。

深度一五〇メートルは比較的浅いほうで、ピットは一部のストラップに水中ですぐ視認できる小さな追跡灯が内包されていることを思いだした。ピットはバラストタンクを満杯にし、ジョルディーノはスティングレイ艇を鋭く潜入させた。深度六〇メートルで音響ストランドが現れた。

ジョルディーノは潜水艇をまるで急降下爆撃機なみに誘導した。彼は最高出力で優美な弧を描いて、垂れ下がっているケーブルの先端を目指した。彼がそうしているいっぽう、ピットは操作アームを作動させ、それを潜水艇の右側に精いっぱい伸ばした。関節式の手を艇体のほうへ丸めて鉤型《かぎがた》を作った。ジョルディーノはその処置を目撃し、針路を修整してストランドのすぐ左側へ艇を近づけた。最初のストランドに乗りあげそうになったとたんに、彼は初めて甲高い唸りの最初の騒《ざわ》めきを感知した。

ジョルディーノはその音を無視して潜水艇をカーテンに向かわせた。最初のストランドは機械の腕にぶつかり音をたてた。潜水艇は前進をつづけ、つぎの二、三メートル先にあるストランドを掻き寄せた。伸ばされた機械の腕は、一つずつ集められるストランドの保持に当たった。

最初のブームから下がっている最後のストランドにたどり着いた時点で、ジョルディーノは寄せ集めたケーブルの重さのために操縦に抵抗を感じはじめた。ケーブルは彼らのはるか下に垂れさがっていた。

「ソーントンさん」ピットは訊ねた。「ケーブルを引っ張っていく望ましい方向はあるのでしょうか？」

ソーントンはクリップボードを手にとって弧や角度をいくつも描き、数式を二つ三つ書きなぐった。ジョルディーノがすでにストランドの二番目のブロックを集めていると、ソーントンが答を得て身体を乗りだした。

「すべて予測ですが、中国人たちがこのシステムをオーバーライドしていなければ、われわれにチャンスがあります。かりに第三のカーテンを通過させることが可能ならば、私はカーテンを北一〇度に向けます」

「メルボルン号の船首を過ぎって疾走する？」ピットが言った。

ソーントンは憮然としてうなずいた。「目下の状況下で、左舷の配備に対処するためにわれわれが打てる最善手です。われわれは渦中の只中《ただなか》に引きずりこまれるでしょうが、計画されている波の形成を阻害できる。海面の波動は台湾を大きく逸れるはずです」

彼は両手を耳に当てた。高周波トランスミッションが強度を増したのだ。潜水艇はトランスデューサーの第二のカーテンを集めながら前方へ突進した。スティングレイ艇の速度は長いストランドを集めたために這いずるほどまで落ちたが、不意に前方に傾いた。乗りこんでいる者たちには見えなかったが、海面の末端のブームが外れたせいで、その部分全体が前方へ振りだされたのだった。

ジョルディーノがストランドの最後の一群に近づいていくと、集められたケーブルが潜水艇を右へ引っぱった。制御盤相手に艇の安定を計っていると、一部のストランドが明るく点滅しはじめ、マーゴットとその父親の不安な表情を照らしだした。彼女は操縦席の男二人が、現に直面している重圧に平然としていることに気づいた。

「最後の一つが来るぞ」ピットが大きな声で知らせた。

ジョルディーノはうなずいた。「ゼロ・ワン・ゼロに転進」彼が最後のストランドをつかみとり針路修正を行っていると、潜水艇が揺さぶられだした。音響襲撃は強度を増すいっぽうで、みんな耳を塞いだ。

ピットはまた鳴り響く頭痛と吐き気に見舞われたが、それは自分たちが抱えている難題としては取るに足らぬことだと心得ていた。彼らの左手には、メルボルン号の左舷ブームの灯りの薄いベールが遠く瞬《またた》いていた。だが、彼らの前では、まったく異なる状況が突如として発生した。

目に見えぬ深みから、黒っぽい煙突形の塊が湧きあがった。それは瞬時に膨張し彼らの前で立ち昇った。

「しっかりつかまれ」ピットは言った。

「もみくちゃにされるぞ」

ソーントンは自分が考案した力を水中から目のあたりにして愕然《がくぜん》となった。接近してくるにつれて、それは渦を描いている潮流の塊であり、黒ずんだ色は海底から巻きあげられた砂と堆積物のせいだと分かった。

まるでブラックホールに吸いこまれたような感じだった。ジョルディーノは操縦装置をしっかり握った。左手のカーテン状の灯りは視界から消え失せ、じょじょに突きあげが激しくなった。やがて彼らは渦巻に飲みこまれた。

潮流は艇体を激しく左右に揺さぶり、乗っている者たちを打ちすえた。大半の音響ストランドは操作装置から分断されたが、そうでないものは潜水艇を猛然と揺さぶった。スティングレイ艇の唯一の外部照明がまっ先に屈服し、スラスターのブレードとローターのハウジングがそれに続いた。

マーゴットは片手で乗船梯子《ばしご》を、もう片方の手で父親をつかんで目を閉じた。しかし、音波の唸り音を締め出すわけにいかなかった。それに、ウシに使う千本もの鋼鉄製の鞭《むち》さながらに艇体を打ちつけるケーブルの音もそうだった。しかしどれも、闇のなかを容赦ない速度で突き進む潜水艇の激動とはくらべものにならなかった。混乱の最中にも、ピットは機械の腕を引っこめバラストタンクを空けたが、大荒れの潜行になんの効果もなかった。ほかの者と同じように、彼もしがみついて、終わりを待つしかなかった。

嵐はなにやらいっそう募る気配で、揺さぶられるせいで歯がますます音をたてた。潜水艇は超音速で水中を飛んでいる感じだった。ただし、指標いっさいなしで。マーゴットが目を開けると、覗き窓の外に黒い物が現れるのが見えた。それは黒っぽい波型の壁のようだった。数秒後に、彼らは激しい衝撃に見舞われた。彼女は頭を梯子に打ちつけ父親の腕の中にくずれ落ちた。冥界《めいかい》への旅はついに終わった、と確信しながら。

69

ゼンは船橋前面の窓際に立って、前方の水のうねりを観察していた。メルボルン号から捕虜たちに逃げられた怒りは、ニンの死を悼《いた》む気持ち同様、はやばやと過ぎ去った。彼は誇らしげな笑みを浮かべて行きつ戻りつした。これから始まる襲撃を推進したのは、自分であってヤン大佐ではなかった。間もなく彼は共産党の英雄になるし、おそらく伯父の銅像も再建されることだろう。

「高まりつつある」彼は誰にともなく言った。「私には分かる」

別の隊員が船橋に入ってきて、大佐とゼンに敬礼した。「サー、爆薬を下の船倉に配置しました。二時間後に起爆するように設定しました」

「よろしい」ゼンは言った。「つぎの表層波の移動が設定されたら隊員を集めて、この船のテンダーボートの一つで出発しろ。お前たちがこの船の視界外に出たら、私は台湾へ遭難信号を送る。大佐と私はそののちヘリコプターで去る」

ゼンが隊員のほうを向くと、隊員はともかく敬礼をして船橋を出ていった。

「時間は？」ゼンはイー博士に声を掛けた。「もう海面に現れていいのではないか？」

デッキ伝いに彼らは、音響装置のタービンがケーブルストランドに力を送り込んでいる振動を感じとった。

「あと一分か二分」イーは答えた。

船橋の電話が鳴りひびき、ゼンが電話を取った。ちょっと耳を傾け、受信機を叩きつけた。ピストルを取りだすと、イーのほうへ一歩ふみ出した。

「なにか上手くいっていないようだ、と運用室は言っている。右側の配備からの信号が乱れている」

イーは肩をすくめ、コンピューターのスクリーンに指を一本のせて答えを示した。

「ええ、わずかながら手違いが生じています。右舷のブームの配列が乱れているようだ」

ゼンが右側の窓に近寄り、ヤンがそれにならった。朝の明かりのもと、固定された三本のブームが水中を漂っていて、設置通り船体に垂直にはなっていないのを彼は見届けた。ブームは三本とも前のほうに引っ張られて、船首を過ぎっていた。

「これはどういうことだ？」ヤンは訊いた。

「波の波長は予測しがたいものです」イーは素っ気なく応じた。

ゼンはピストルを持ちあげ、二度発砲した。イーの白い研究室着に赤い染みが二つ現れ、彼はデッキにくずれ落ちた。

「どうなっているんだ、ゼン？」大佐は怒鳴った。「ちゃんと答えろ――」

ゼンは答えずじまいになった。船が激しく揺れだした。彼らの足許のデッキが上下し、二人はやっとの思いで立っていた。

ゼンが海のほうに目を転ずると、衝撃的な光景が映しだされた。水の帯が深みから立ちあがり、ほぼ船腹の中央の下を横切っていた。水柱が塊となって拡大し、逆巻き、立ちあがり、台座に乗っているように船を持ちあげた。船首も船尾もいまや水に支えられてはおらず、不自然な角度で同時に沈みこんだ。船全体の重量のバランスは、瞬間的に竜骨の狭い中央の部分で辛くも保たれた。

雷鳴にも似た金切り声が彼らの下で生じたが、人間の悲鳴ではなかった。それは船の鋼鉄板が、想定外の圧力を受けて引き裂かれる音だった。数秒後に、竜骨は枯れ木のように折れた。頑丈な背骨を失ったメルボルン号のほかの部分は、下部船腹から最上デッキに至るまで、耳を聾する轟音もろとも分解しはじめた。上昇する水の塊が船型を一瞬保ったが、つぎの瞬間、船は完全に真っぷたつに裂けた。

船は中央で分断され、デッキは飛び交う断片の嵐に見舞われ、クレーン、ウインチ、それに発動機が波間に転げ落ちていった。ゼンがヘリコプターを見つめていると、子どもの玩具のようにパッドからはじき出されて海中に姿を消した。

彼は窓枠にしがみついた。ヤンが前方へ投げだされ舵機に叩きつけられた。ヤンはなんとか舵輪をつかんで身体を支えたが、ぶつけた頭から血が流れでた。彼は苦渋にみちた諦念《ていねん》の眼差しでゼンのほうを見やり、敗北のうちに目を閉じた。

彼が瞼《まぶた》を開けることは二度とあるまい。

左舷デッキの高いクレーンから出ているブームは外れ、船橋に倒れこんだ。ヤンは即死だった。ブームは屋根の中央をほぼデッキまで押しつぶした。脇に立っていたので、ゼンは倒れこむブームは避けたが、その衝撃で床に叩きつけられた。

船を持ちあげた海水の上昇は、うねる塊となって北西方向へ移動し、その途中でメルボルン号の船尾部分を転覆させた。その部分はたちどころに沈んだ。

船首部分は直立した状態で海面へ引きかえし、瞬間的にその姿を保ったが、海水が打ちよせ沈めてしまった。ゼンはつぶれた船橋で立ちあがろうとしたが、両方の脚が倒れた天井に挟まれていた。突き刺す痛みが左足を走り、折れていることが分かった。側面のドアに手を伸ばし、梃子《てこ》代わりにして身体をふりほどこうとしたが、どうにもつかむことができなかった。

「大佐？　そこにいるんですか？」彼は残骸越しに呼びかけた。

船橋は静まり返っていてなにも聞こえなかったが、船のほかの部分は声高に彼に話しかけていた。水に埋もれた隔室の鋼材は重圧に呻き、奔走する海水やエアポケットが放つ音と競いあっていった。ゼンはゆっくり溺死する運命と悟ると、自ら命を断とうとした。だが、ピストルは天井がつぶれた時に手から叩きだされ、残骸のどこかに紛れこんでしまっていた。

ゼンは自分の人生について一〇分近く反芻《はんすう》した。やがて膨張した海水が船橋に流れこんだ。船首部はいとも簡単に波にのまれ、ゼンを下の深み へ誘《いざな》った。

70

ルディ・ガンはローレンの手を支えてやった。台湾沿岸警備隊の捜査救援ヘリコプターは高雄空港を離陸し、民間港の上を低く飛んだ。カレドニア号がガンが収まっている助手席側の窓から見えた。眼下には青緑色の調査船がいた。白鳥のようだったが、水から抜け出ているせいで優雅さが劣って見えた。

彼とイェーガーがわずか三〇キロあまりの地点にメルボルン号がいることを突きとめてから、午前中は慌しくなり喧噪《けんそう》を極めた。台湾沿岸警備隊への最初の警備艇の捜索出動要請は、ガンが海軍の駆逐艦リンドン・ジョンソン号上の副大統領を起こしてやっと聞き届けられた。彼はバスローブ姿のサンデッカーが朝の五時半に艦橋で、台湾総督に電話を掛けている姿を想像して思わず苦笑した。

その後、情報は深刻なものになった。一隻の漁船が最初に、メルボルン号が二つに裂けて沈むのを目撃したと報告した。調べるために近づくとクルーボートが沈みかけており、救助活動をしているうちに沿岸警備艇が到着した。奇跡的に、乗組員は全員命拾いした。ソンタグと船の調理人の英雄的な働きのお蔭だった。

ピットとジョルディーノが間違いなくオーストラリアの船に乗っていて、ソーントンとその娘を助けだすために船に残った、と沈痛な知らせをもたらしたのはソンタグだった。彼らの脱出計画は実現しなかった。ソンタグはメルボルン号が沈む少し前に、ヘリコプターが破壊されるのを目撃したと確言した。しかし台湾当局は、船が中国人の支配下にあって台湾を津波で襲おうとしていたという彼の話を信じようとしなかった。

だがガンは本当だろうと見抜いていた。イェーガーが集めた海洋学データは、難破した船の地点で三度大きな波が生じており、最後の波は津波級の大物で北東へ殺到したことを示していた。まだ被害の報告は中国西部の福建省で表沙汰になっていなかったが、衝撃は激烈なものと予測された。

ソンタグをふくめて誰にも、企みがなぜ明らかに裏目に出たのか分からなかった。二つの波は完全に高雄に向いていたのに、最後の壊滅的津波だけは別の方向へ、台湾ばかりでなくアメリカの軍艦ジョンソン号上のローレンとサンデッカーも避けて移動したのだ。

しかし、ガンには分かっていた。なんの証拠もなかったが、ピットとジョルディーノがその陰にいることが彼には分かっていた。おそらくは、これが自己犠牲の最後の行いなのだ。それこそ二人に相応《ふさわ》しい証《あかし》だ。

ヘリコプターは港の入口を通過し、広い海を低く飛んだ。ガンはちらっとローレンを見た。彼女は一緒に飛ぶと言い張り、空港で彼を殴りさえした。ガンに最新情報を伝えられてもうろたえず、話すガンの声がひび割れても冷静さを保っていた。彼女はピットとその不屈の精神を誰よりもよく知っていたし、簡単に諦めるつもりはなかった。

ヘリコプターは、沖合直《す》ぐの角張った艦影のリンドン・ジョンソン号の横を飛びさった。ピークマストから艦首へかけてペナントが一列に翻《ひるがえ》っていた。サンデッカーはまだ艦上にあった。台湾総督との防衛協定調印式は間もなくはじまる予定で、その重要性はにわかに増大しつつあった。

彼らは数分南東へ飛ぶと、さらに二隻の船の上に出た。一隻はクルーボートで沿岸警備隊の巡視艇に曳航《えいこう》されていた。クルーボートは喫水《きっすい》深く沈んでいたが、数人の船員がデッキで緊急ポンプを作動させているのをガンは目撃した。いやでも、沈没の原因になりかねなかった火事の黒い焼け跡が目に留まった。

ヘリコプターは一度旋回し、東へ飛びつづけた。少し先で、彼らはさらに二隻の船に近づいた。片方は大きくて均整のとれた台湾沿岸警備隊のカッターで、イランという名前だった。もう一隻は小形の古びた漁船で、その場所に最初に着いた船だった。どちらも生存者を探しまわっていた。

波立つ海に浮いている大きな油溜《あぶらだま》りを目印に、自分たちが沈没現場にいることがガンには分かった。それが証拠に、イラン号は遺体を一人回収するために小さな膨張式ボートを向かわせていた。ヘリが接近したので、ガンとローレンは犠牲者が黒い戦闘服を着ていてアジア人らしい容姿をしているのを見てとることができた。

海面には、大きな探鉱船がそこで沈んだ証拠はほかにほとんどなかった。裂けた荷台がいくつか、木製の事務用椅子一脚、雑多な断片ぐらいのものだった。ヘリコプターは独自に上空から捜査にあたり、広い範囲にわたって行き来をくり返した。

「あそこ、あれはなに？」ローレンが波間に辛うじて見える丸くて黄色い物を指さした。ヘリコプターが接近して詳しく調べると、なかば沈んでいるブームに固定されたブイにすぎず、ブームは大量のケーブルを引きずっていた。

ヘリコプターは残骸の上でしばらくホバリングしてから捜索を再開した。彼らはさらに二時間を空中で過ごした。捜索範囲を浮いている油膜からずっと広げているうちに、操縦士が基地に戻らねばならないとガンに知らせた。

ヘリコプターは沈没現場をもう一度低く飛んでから、ゆっくり高雄へ向かった。ガンは手を伸ばして、ローレンの手を握りしめた。「台湾海軍は無人潜水機搭載のサルベージ船を二時間後に送り出します。われわれは海底を隈《くま》なく探索しますが、現実は受け入れざるをえません。彼らは海に消えたのかもしれない」

ローレンは灰色の海を見つめていたが、やがて首をふった。「彼らは海に消えたのかもしれない」彼女は目に涙を浮かべて言った。「だけど私は、彼らが海に消えたとは思ってはいません」

71

「根がかりしてしまった！」

ジョウ・サイがひしゃげた操舵室から後ろを向くと、使用人が必死のヒッチハイカーのように両手をふっていた。一瞬後に船は揺さぶられ、前進力をまったく失ってしまった。ジョウはモーターをニュートラルに入れ、後部デッキへ出ていった。

彼の船は小さく全長八メートル足らずだったが、台湾の個人所有の大半の漁船同様、機能的でありながら優美で色彩豊かだった。船首は高くたちあがり、先端は鋭くとがっていて、丸みを帯びた船尾へ向かって船体はじょじょに先細っていた。明るい青と金色が白い船腹と上部を縁取っていて、作業の厳しい船に華やいだ感じを添えていた。

ジョウは岸辺にちらっと目を走らせてから、船が背後に引きずっている絡まった網のことを考えた。彼らは澎湖《ペンフー》諸島の緑の小高い小島キメアから四〇〇メートル足らずの位置にいた。かつてフランスに、その後は日本に支配されたその列島は、第二次世界大戦後も中華民国に留まった台湾の西およそ六五キロにあった。

ジョウは島の目印から自分たちの位置を割りだし、首をふった。その海域で長年漁をしてきたが、根がかりしたことは一度もなかった。倹《つま》しい漁師の例にもれず彼は、よく知られた根がかりの場所を避けてきた。破れた網の修理代が、一日の稼ぎを楽に超しかねなかった。

彼は船尾の助手のほうを見た。裸足《はだし》の若者で、T-シャツにカットオフ姿で網を引っぱっていた。網は海面六メートルほどに拡がっていて、深みへと消えていた。

「はずれそうです」少年は知らせた。

少年が網を取りこむにつれて、彼らの足許が濡れはじめた。

「待った！」ジョウは片手をあげて怒鳴った。網がなにかに絡みついていた。水が泡立ち騒ぎ、大きな黄色い物が現れた。

ジョウは目をこすった。網に包まれて潜水艇が浮上してきた。潜水艇は即、廃品所行きといった感じだった。おしひしがれ、窪んでいて、幅広い黒い筋が一本上部を過ぎっていた。別の船にやられたのだ。前方の照明装置は叩きつぶされていたし、船尾のスラスターも似た状態だった。もっと驚いたことに、銃弾の跡がタレットや艇の上部を縫っていた。

ジョウと助手は、自分たちの後方で上下する潜水艇を唖然《あぜん》として見つめた。ほどなく、上のハッチが開いた。風雨に鍛えられた感じの黒い髪の男が艇のうえに顔を突き出し、二人に元気よく手をふった。

「失礼」ピットはくたびれた笑いを浮かべて話しかけた。「サンノゼへの道をご存じだろうか？」

エピローグ

72

杉並木のふくよかな香りが空中をみたし、清涼な風がヒマラヤ山脈から吹きおろしていて、早くも冬の厳しさを偲《しの》ばせていた。マクロード・ガンジの表通りを兄と一緒に歩きながら、サマーは肌寒さを感じ身震いをした。彼女は上着のジッパーを閉め、両手をポケットに入れた。「この山脈はたしかに美しいけど、初雪の前にここを出られるといいのだけど」

「思いのほか早く来るかもしれないぞ」ダークは町の西の連峰に懸かっている黒い雲の塊を見つめた。

二人はツォクラカン・コンプレックスの入口に近づいた。季節の変わり目なので観光客はまばらだった。テンジン・ノルサンは門の中で彼らを待っていて、手をふって衛門を通してくれた。

「インドを離れる前に来てくれてありがとう」彼は言った。「みなさんにまた会えて喜んでいます」彼は二人に話しかけていたが、その目はサマーに張りついていた。

彼女は彼の眼差しに応えた。「あなたにお別れを言わずに、私たち引き揚げるものですか」

「こちらへどうぞ、皆さんに会ってほしい方がいるんです」

ルノサンは二人の先に立って敷地を横切った。寺院に近づいていくと、あでやかな彫刻に飾られた一列の大きな青銅製のマニ車の脇を彼らは通った。ダークはちょっと立ちどまって、時計回しにするように気をつけてその一つを回した。

「どれも個別の願い事をかなえてくれる。なんの願い事かは車の表面に記されています」ノルサンは説明した。

「私はなににありついたのだろう?」ダークは訊いた。

ノルサンはマニ車に近づいて回転を止め文字盤を読んだ。「思いもかけない富があなたを待っています」彼は笑みを浮かべて言った。

彼らはさらにツォクラカン寺院脇を進んでいった。赤い衣姿の僧の一群が中庭に坐りこんで祈りをささげていた。ノルサンは二人を隣の建物に案内した。そこはナムギャル修道院の一部で、一般には公開されていなかった。

広い素通しの広間を通りすぎて、彼らは奥の片隅にある部屋に入っていった。赤い衣の高齢の男性が、書類が堆《うずたか》く積まれた机に向かって坐っていた。ノルサンは頭を下げて中に入った。「私の友人たちをお連れしました。シッキムで世話になりました」彼は二人のほうを向いた。「ダーク、サマー。こちらはケンツェ・リンポチェ」

年嵩《としかさ》のラマ僧は二人が会釈すると微笑んだ。

「みなさんに会えてたいそう嬉しく思います」僧は立ちあがって彼らを迎えた。「テンジンからあなたたちのネチュン聖像を取り戻すための冒険話を聞いています。あれは当修道院にとってたいそう重要ですし、チベット全体にとっても然りです」

「私たちは、あれが正当な所有者の手許に帰るお役にたてて喜んでおります」ダークは言った。「無事なのでしょうね？」

「そうですとも。ご覧になりますか？」

ダークとサマーは二人ともうなずいた。

「重要なものなので、この敷地内のあの保管場所を保護するために特別な手段を取っています」ラマ僧は言った。「それゆえに、お二方とも目隠しで場所まで案内させていただきます」

彼は机の抽斗に手を入れて、白い絹のスカーフを二枚取りだした。ふだんは供物に使われるものでカタという。彼はその二枚をノルサンにわたすと、彼は二人の頭に巻きつけて目が見えないようにした。

「つぎに煙草を一本恵んでくれたら」ダークは笑いながら言った。「考えなおさざるを得ないでしょうが」

「喫煙はずっとお控えくださるように」ラマ僧はジョークを解さずに答えた。「さあ、向きを変えてください。サマー、あなたはテンジンの肩に手を置いてもらいましょう。それにダーク、あなたは妹さんに同じことをなさってください。テンジンが案内します」

彼が二人の先に立って一列で修道院を出た。ラマ僧が最後からついていった。サマーのスカーフは顔の下のほうにゆるく巻かれていたので、敷地を覗き見することができた。彼らは大きなオープンパティオを横切り、主だった建物から離れた。ノルサンは折り返しのある石の階段を下り、丘の側面を背に立つ木造の小さな建物の前に二人を案内した。

セメント袋をどっさり積んだ一台の手押し車が小さなドアの隣に置かれてあって、ノルサンはそのドアを開けて入っていった。サマーはレーキやシャベルの先端を見届けたし、庭仕事の小屋らしかった。そのほかに、磨きあげたドレスシューズとプレスがよくきいたズボンの男二人が、奥の壁際に立っていることにも気づいた。

ラマ僧がカングラ地方の方言で話し掛けると、彼らは左右に退いた。彼らの一人がまがい物の木製パネルの壁を横に引いて開けると、狭い螺旋《らせん》階段が現れた。ノルサンはサマーを階段に誘い、手すりに手を載せあれこれ指示しているうちに、彼女とダークは彼と一緒に下に着いた。背後で横開きのパネルの閉まる音がし、ラマ僧が後ろの階段から下りてきた。

彼らは踊り場に少し佇んだ。サマーはエキゾチックなビャクシンと香《こう》の妙《たえ》なる匂《にお》いを嗅《か》いだ。

「もうスカーフを取っていいですよ」ラマ僧が声を潜めて言った。

二人は目隠しを外し、サマーはその場の光景に思わず息をのんだ。彼らは狭い洞窟《どうくつ》に立っていて、天井は二人の頭よりわずか数センチ高いにすぎなかった。サマーにはそこが自然にできたものか造られたものか見当がつかなかった。周囲の壁は明るいバーガンディーと金色のつづら織りに覆われていた。四隅のランプが辺りを照らし、何十本ものローソクが温かみのある穏やかな光を投げかけていた。

すこし経って、サマーは初めてネチュン聖像に気づいた。それは洞穴のいちばん奥にある壮麗な祭壇の中央に立っていた。トクチャー彫像は高い台座に載せられ、金色のブロケードに包まれていた。小ぶりな金色のいくつかの像、枝つき燭台《しょくだい》、それに彫刻をほどこされた赤と金色の木製のパネルが、尊いオラクル像を取りかこんでいた。

聖像の足許には、刀剣、鏡、金銀の杯、それに数多いローソクが供えられていた。祭壇の隣のがっしりとした金の兜《かぶと》に、ダークは目を留めた。クジャクの羽根が頂を飾っていて、木製の台の中央に収まっていた。それがネチュン・クテンの被り物で、世界の守り神ペハルと交信するトランス状態に入ったときに被ることを、ノルサンから聞いていたので思いだした。

サマーが祭壇の反対側に目を転じると、一対のホラ貝が新鮮なフルーツの大皿を取りかこんでいた。全体の光景が眩《まぶ》しかったが、彼女が息をのんだのは煌びやかな祭壇のせいではなかった。ダライ・ラマ本人がそこにいたのだ。

チベットとチベット仏教の亡命指導者は、祭壇の前の地べたに坐っていた。ほかの者たちが入ってきたのを聞きつけて、彼は立ちあがり出迎えに歩みよった。ダークとサマーはノルサンとラマ僧に倣って、近づいてきた彼に頭を垂れた。

「みなさんがお連れした、大きくそびえ立つ方々はどなたかな？」彼は明るく笑いながら言った。「天井を高くしなければなりませんな」

「ダーク、サマー・ピットです、上人様」ノルサンは紹介した。「われわれはこのお二人の力添えなくして、ネチュン聖像を取りかえすことはできなかったでしょう」

「ええ、そうですとも。大変感謝しております」彼はうなずきながら言った。「オラクルは、本当の話、私が最近病から癒えたのは聖像が届いたお陰だとしています。彼は聖像が失われたまま、いずれ私が旅だつことをいたく悲しんでくれていたのですが、これで心静かに安んじてもらえます」

サマーは人柄の温かみとユーモアに微笑んだ。たいそう尊敬されている人物には予期せぬことだった。

だが、ダライ・ラマは一瞬真剣になった。「このお陰で」彼は片手を祭壇のほうへふりながら言った。「私はみなさんにもう一つ命をあたえていただいたも同然ですし、さらにチベットの次の世代にとっての大きな希望をもたらしていただきました」

「あなた様の魂の永久ならんことを」ダークが言った。

「それに、創造主の魂も」ダライ・ラマは悲しげな笑いを浮かべて言った。

ケンツェ・リンポチェはみんなの背後で咳払いをして、訪問の終わりを告げた。ダライ・ラマは別れを惜しんでみんなと握手をした。「訪ねてくれて喜んでいます。改めてお礼申しあげます、若いテンジンにお力添えをいただいて」

サマーは経験したことのない畏敬《いけい》の念に打たれると同時に、異様な憧《あこが》れをおぼえた。ノルサンがスカーフを持ちあげて彼女の目に巻こうとすると、彼女が片方の手をあげた。「上人様。一つお尋ねしたいのですが、よろしければ？」

ダライ・ラマの目が輝いた。「あなたはすでに答えを知っている」彼はサマーが質問する前に答えた。

サマーは躊躇した。「冒険に満ちた愉しい日々をお暮らしですか？」彼女は訊いた。

ダライ・ラマは声を出して笑った。「あなたはお若いのに賢い」彼は向きを変えて祭壇のほうへ戻っていった。

ノルサンは目隠しを絞めなおして、ダークとサマーを聖域の外へつれだした。修道院に戻った彼らはスカーフをリンポチェに返し、高齢のラマに別れをつげた。彼らは敷地を横切っていった。サマーの心はダライ・ラマとの出会いでたかぶっていた。

「お知らせしておきますが、ラマプラ・チョドゥンにはわれわれの旅と聖像を取りもどしたことを話してあります」ノルサンは言った。「その知らせに、たいへん喜んでいました」

「彼抜きでは、われわれはやってのけられなかったろう」ダークが言った。

「彼は来週来ることになっています。修道院はトゥプテン・グンツェン記念式典を行いますので。聖像をネチュン修道院で護った僧です」

「ラムが彫像を一目見るのを許してもらいたいわ、あなたが私たちに認めてくれたように」サマーが言った。

「それは許されると思います」

敷地の出口に近づくと、ノルサンが二人を脇へ導いた。「もう一つみなさんにお見せしたいものがあるんです」

彼は二人を門近くの車庫へ案内した。中にはダークがほぼ破壊した、古いインターナショナルのトラックが収まっていた。フロントフェンダーの傷は修理され、新しく緑の塗装がほどこされてあった。

「健在なんだ！」ダークは言った。

ノルサンは一組の鍵をポケットから取りだし、それをダークにわたした。「ダライ・ラマが感謝の印として、この車をあなたに差しあげることを望んでおります。彼はわれわれがインドへ旅立つ前から、車の修理をはじめよと命じておいででした」

ダークはためらいがちに鍵の束を受けとった。「ありがとう」

「ほかならぬあなたの尊いお車」サマーは笑い声をたてまいとこらえながら言った。

「そうだ、船便でワシントンへ送ってもらうとしよう」ダークは言った。「親父がカーコレクションを収めている格納庫には空きがたっぷりある」

彼は運転席に乗りこもうとしたが、トラックの床に大きな木の箱が置かれてあることに気づいた。「あれはなんです？」

ノルサンは乗りこんで蓋をこじ開けた。中には煌めくさまざまな大きさや形の黒い石が入っていた。一部の石は彫像に彫りあげられていたが、ほかのは原石のままだった。ノルサンは拳《こぶし》大の石を一つ取りあげ、それをひょいとダークに投げた。

「トクチャー石です」彼は知らせた。「隕石です。ネチュン聖像と同じ種類です。チベット高原で見つかったもので、きわめて珍しい石だと聞いています」

「分からん」ダークは言った。「どうしてダライ・ラマは、箱一杯もこれをくれたのだろう？」

「それはオラクルのなさったことです」彼は言った。「ネチュン聖像の前で行われた、彼の最初の霊媒儀式の結果です」

ダークはサマーを見つめ肩をすくめた。

「なぜオラクルはそんなことを勧めたのかしら？」

「私には分かりません」ノルサンは答えた。「オラクルは言われた、それは必要な贈り物であり、みなさんのお国はその処理の仕方をたぶん知っていると」

チベット人は建物の前へ行き、車庫のドアを開けた。ドアは街路に通じていた。ダークは車に乗りこんでエンジンを掛け、身を乗りだしてノルサンと握手した。

「ダライ・ラマによろしく」ダークは言った。

「無事の旅を、わが友」

ノルサンは向きを変えてサマーに近づいた。彼女はトラックの反対側に立っていた。二人は一瞬見つめ合い、彼はサマーを抱いてキスをした。「また近いうちに、われわれが会えることを願っています。それが叶わぬ時は来世で、お二人をお待ちしています」

サマーは小さくさようならと辛うじてつぶやくと、助手席に滑りこんだ。

ダークはトラックのギヤを入れ、ノルサンに手をふりながら車庫を出ると向きを変えてマクロード・ガンジの中心に通じる道を上って行った。運転しながらダークはちらっと妹を見た。

サマーは呆然《ぼうぜん》としていて、別世界にいるような感じだった。

「大丈夫か?」彼は訊いた。

「ええ」彼女は答えた。「いま現世にもどったばかり、来世もそう悪くないみたい」

73

十ヵ月後

Ｂ2スピリット機は雲一つない明るい上空を高速で飛翔《ひしよう》した。広漠とした穏やかな青い水域が、ステルス爆撃機のデルタウイングの下に無限の絨毯のように広がっていた。飛行中の爆撃機は赤道の少し北寄りの、太平洋の真ん中の上空にあった。

爆撃機の爆弾庫の扉が滑るように開いた。パイロットの隣に坐っている作戦司令が軽く触れると、巡航ミサイルが爆弾庫から落下した。

爆撃機はただちに南へ引きかえし、白いミサイルは瞬時落下、モーターが点火した。固体ブースターは数秒燃焼、プロトタイプ・スクラムジェットエンジンは始動し、ミサイルはトップ・フューエル・ドラッグスター顔負けの加速で突進した。

ソニックブームが虚空《こくう》を揺さぶり、ミサイルはたちまち音速を超した。だが、加速に限界はなく、ミサイルはマッハ25の計時を突破した。その衛星航法システムはさらに少し加速して、マーシャル群島のロナルド・レーガン弾道ミサイル防衛実験場内の海域のデッドスポットへ向かわせた。

ミサイルは到達しなかった。

巡航ミサイルが飛んでから間もなく、もう一発ミサイルが発射された。こちらのほうは地上インターセプター型で、ハワイのカウアイ島にある、太平洋ミサイルレンジから一六〇〇キロ北へ発射された。

稲妻にも似た快速のブラッドハウンド犬さながらに、迎撃ロケットは衛星と地上レーダー・インプットの複雑なネットワークの協力を得て、巡航ミサイルをロック・オンした。ロケットも同類のスクラムジェットエンジンを搭載しており、マッハ三〇を超す構造になっていた。ロケットは朝空を過ぎったが、速すぎて肉眼には見えなかった。銃弾の十倍以上の速さだった。わずかに、かすかに霞《かす》む航跡がその通過を告げているにすぎなかった。

速度に劣るとはいえ猛烈な速さの巡航ミサイルは、ときどき針路を変更して追跡ロケットを振り払おうとした。それは無駄だった。迎撃ロケットは間隔をつめ、飛行航路に焦点を合わせた。青い太平洋のはるか上空で、追跡ロケットは完璧《かんぺき》な迎撃態勢に入って飛行中の巡航ミサイルに激突し、紛れもない動力学のエネルギーでミサイルを粉砕した。

カウアイ島の太平洋ミサイルレンジでは、監視技術者たちや軍の将校たちが、結果を知らせるデータが送られてくると立ちあがり歓声をあげた。

それは新しい超音速迎撃ミサイル、コードネーム、ラマ防衛一号がはじめて成功を収めた実験だった。

訳者あとがき

本書『悪魔の海の荒波を越えよ』は、ダーク・ピット・シリーズの第二十六巻 *CLIVE CUSSLER'S THE DEVIL'S SEA* の全訳である。日本語版では四十五と四十六冊目となる。同シリーズの最近の八巻は父親のクライブ・カッスラーと息子のダーク・カッスラーの共著だったが、ご承知のように、残念ながらクライブ・カッスラーが二〇二〇年二月に亡くなったため、本書は息子のダークが一人で書きあげた、ダーク・ピット・シリーズ最初の作品となる。ただし、原書では今回からタイトルに「クライブ・カッスラーの」と冠されるようになったが、日本語版では著者の了解を得て、これまで同様の合作表記で刊行するはこびとなったとの由。

代表的なある書評誌は、「刺激的……親父さんも鼻たかだか!」と評している。味わいのある分かりよい批評でもある。時空を超えて、遠い過去と近未来の接点を掘り起こし、最先端の科学技術を駆使して重大な難問を解決していくところに、このシリーズの、たんなる海洋冒険小説の域を超えた巾広《はば》い魅力があるといえる。

本作の冒頭で扱われる時代は、一九五九年と意外に近い。その年、チベットは独立運動を起こし、ダライ・ラマ十四世はインドへ亡命を果たす。それから舞台は一転して、二〇二二年。米中関係は緊張し、中国は台湾に政治的圧力を加え、軍事的には最新の超音速ミサイルの発射に成功。しかし、大気圏再突入の際に高温のために、ミサイルは溶解して爆発、海中に消息を絶つ。中国はもとよりアメリカも、ミサイルの残骸の探索を開始し、近くの海上にあったNUMAのピットやアル・ジョルディーノたちはその探索に急遽駆りだされる。作品の時代背景が現代で、政治的な色彩が濃い。奇《く》しくもクライブ・カッスラーを一躍海洋冒険小説の第一人者とした『タイタニックを引き揚げろ』の背景は米ソの冷戦で、やはりミサイルをめぐる攻防だった。

父親に同行してNUMAの海洋調査船に乗りこんでいたダークとサマーは、チベットの独立支援のためにヒマラヤ越えを行う途中に墜落したアメリカの輸送機の残骸を探しあて、隕石から彫りおこされたチベット仏教の彫像を発見。その高温に強い材質の彫像を追い求める中国のコマンド隊が、彼らをヒマラヤ山中で追跡する。一方、NUMAの調査船の近くの海上では、一隻の船が中国軍に乗っ取られ、音波で強烈な潮流を作りだす実験を行っていた。それを叩きつける先は台湾。チベット、中国、インド、台湾、ヒマラヤ山中、フィリピン海、台湾海峡などを背景に緊迫の話が展開する。書評誌の評価通り、ダーク・カッスラーはこの波乱にとむ迫真の作品で新たなスタートに成功したと言えよう。今後ますますの健筆をふるわれることが期待される。これでカッスラーもさぞや安堵したことだろう。

ここで改めて、クライブ・カッスラーのご冥福を祈る。彼がかつて住んでいたコロラドを訪ねて、清流で一緒にマス釣りでもしたいものだと毎年のように思っているうちに、果たせない夢となってしまった。

最後になったが、いつものことながら編集担当の吉田淳さんはじめ校正や多くの方にお世話になりました。ありがとうございました。

二〇二一年十二月

◉訳者紹介　**中山善之（なかやま・よしゆき）**
英米文学翻訳家。北海道生まれ。慶應義塾大学卒業。
訳書にカッスラー『タイタニックを引き揚げろ』（扶桑社ミステリー）ほか、ダーク・ピット・シリーズ全点、クロフツ『船から消えた男』（東京創元文庫）、ヘミングウェイ『老人と海』（柏艪舎）など。

悪魔の海の荒波を越えよ（下）

発行日　2022年2月10日　初版第1刷発行

著　者　クライブ・カッスラー　ダーク・カッスラー
訳　者　中山善之

発行者　久保田榮一
発行所　株式会社 扶桑社
〒105-8070
東京都港区芝浦1-1-1　浜松町ビルディング
電話　03-6368-8870(編集)
03-6368-8891(郵便室)
www.fusosha.co.jp

印刷・製本　図書印刷株式会社

ISBN 978-4- 594-08842-2　C0197